Yârin bize bir selâmı yok mu?

Can Veren Pervaneler-5

HAYATİ İNANÇ

babıali kültür yayıncılığı

BKY-Babıali Kültür Yayıncılığı: 354
Edebiyat: 5

Yârin bize bir selamı yok mu?
Can Veren Pervaneler-5
Hayati İnanç

Yayına Hazırlayan
Korhan Kandemir

Genel Yayın Yönetmeni
İbrahim Pazan

Kapak Tasarım
Yunus Karaaslan

İç Tasarım
Adem Şenel

1. Baskı: Nisan 2018
2. Baskı: Aralık 2018
3. Baskı: Nisan 2019
4. Baskı Ağustos 2019
5. Baskı Eylül 2019

ISBN: 978-605-9059-62-6

Sertifika No: 12393

babıali kültür yayıncılığı
Kayabaşı Bulvarı Emlak Konut Başakşehir Evleri 1. Etap, 1. Kısım
A3 Blok No: 3 Başakşehir - İSTANBUL
Tel: 0 212 438 47 78 Faks: 0 212 438 57 78
GSM: 0 507 159 89 60
www.bky.market.com • bky@bky.com.tr

Baskı ve Cilt
Ege Reklam Basım Sanatları San. Tic. Ltd. Şti.
Esatpaşa Mah. Ziyapaşa Cad. No: 4/1 Ataşehir/İstanbul
Tel: 0216 470 44 70 Faks: 0216 472 84 05
Matbaa Sertifika No: 12468

Yârin bize bir selâmı yok mu?

Can Veren Pervaneler-5

HAYATİ İNANÇ

babıali kültür yayıncılığı

Yürekde saklı gezdir aşkı gerçek merd isen Fennî
Hünerver pehlevân ol penbede nârı nihân eyle

Fennî

[Delikanlı ol da pamuğun içinde közü gizle Fennî.
Ortada ben aşığım diye gezme.]

İÇİNDEKİLER

Mukaddime

Ne gam dünya rakîb olsa seninle yâr iken dil-dâr

Kitap okumak gibi zahmetli bir işe giriştiğiniz için hepinize evvelâ minnet borçluyuz. Mahcûbiyetle ifade ediyorum. Cenabı Hak sizin atfettiğiniz değeri karşılıksız bırakmasın. Bizi de mahcup etmesin, hem burada hem orada. Neticede insanların okumak için zaman ayırmaları ömürden verilen bir şeydir. Tek sermayeleri olan ömürlerinden bir parçayı vermektir. Çok değerli bir hediyedir. Büyük emânettir.

Nâbî merhumun dediği gibidir:

Verdim sana dürc-i dil-i serbestemi ammâ
Pek sakla büyük yerden emânet var içinde

"Ben sana gönlümü verdim. Ben sana sevgimi verdim amma; verdiğim şey kalptir, gönüldür, yürektir, dildir. Aman dikkat et. Büyük yerden emanet var içinde. İyi sakla." demektedir. Bu söz bizedir. Bu emanetinizin kıymetini biliyoruz. İnşallah yanlış yapmayız. İnşallah mahcubiyete sebep olmaz. Bize dua etmenizi başta istirham ediyoruz.

Kalem de kılıçtan keskindir kelâm da. Söz hayatîdir. Söz hikmeti taşır. Söz hayatın manasını anlamamızı sağlar. Bizi kanatlandırır. Bizi mana âlemine, söz götürür. Sözün sahipleri çok güzel miras bırakmışlar, emanetler bırakmışlar. Bu dünyaya gelmesini de gitmesini de çok güzel bilmişler.

Bu kitabı talebem Korhan'la hazırlamamın sebebi şudur: Birkaç genç daha var böyle. Bana bir devlet büyüğü şöyle demişti:

"Hayati Bey senin gibiler çabuk ölüyor. Dört kişi bırakmadan gitme."

"Baş üstüne efendim çok güzel moral verdiniz." dedim. O gün sohbete konu olan beş şair elli yaşın altında ölen kişilerdi. Öyle denk gelmiş. O yüzden söylemiş. Bu beş şairden birincisi merhum Sultan Fatih, diğerleri Esrâr Dede, Şeyh Gâlib, Keçecizâde İzzet Molla ve Muallim Nâcî. Bunların sırayla vefat yaşları kırk dokuz, kırk üç, kırk üç, kırk iki, kırk birdir. Çabuk gidiliyor demek ki, uyanık olmalı; dört kişi bırakmadan gitme dedi. Biz de Korhan'la böyle bir işe kalkışalım dedik…

Amiral Gemisi...

Kanunî Sultan Süleyman ve onun yazdığı beş beyitli yakışıklı gazele o dönem şairlerinden Kâtibî'nin yaptığı bir tahmis. Tahmis ne demekti? Tahmis hamseden gelir. Hamse beş demektir. Beşleme ne demek? Yani önce bir şairin yazdığı iki mısranın üzerine sonra gelen şair üç mısra daha ekleyerek beşini bir kıta yapar. Aynı kafiye ile, aynı mana çevresinde dolaşarak aynı güzellikte söz sarf etme sanatıdır. Bir güzellik yarışıdır. Hayırda yarışmaktır.

Kâtibî'nin Muhibbî'ye tahmîsi demiştik. Buyurun:

Ejder-i nefsi helâk et Şîr-i Yezdanlık budur.
Kibrini mahvet gönülden Şâh-ı Merdanlık budur.
Menzilin Kâf-ı Kanâ'at eyle Hâkânlık budur.
Hây u hûdan fâriğ ol âlemde sultânlık budur

Pendini gûş eylegil mûrun Süleymânlık budur
Ejder-i nefsi helâk et Şîr-i Yezdanlık budur.

Nefis adlı canavarı mahvet. Ona diz çöktür. Onu kahret, Allah'ın aslanı olmaklık budur. Şîr-i Yezdanlık budur. (Şîr-i Yezdân Farsça; Esedullah Arapça, Allah'ın Arslanı Türkçe) Allah'ın aslanı denmekle meşhur olan Hazreti Ali kastediliyor tabiî.

Nasıl biriydi o? Hazreti Peygamber'in damadı, amcasının oğlu, vilâyetin reisi, ilim şehrinin kapısı, kahraman.

Rakibini değil nefsini yenmekle arslan.

Hasmını yere yatırdı. Tamı tamına meşru müdafaa durumu. Kendisini öldürmek üzere olan rakibini yere düşürdü. Kılıç elinde, o kılıç da Zülfikâr; işin şakası yok yâni. Kaldırdı kılıcı. Yerdeki hakaret için Hazreti Ali'ye tükürünce Allah'ın Arslanı havadaki kılıcı usulca indirdi. Yüz seksen kilometre hızla giden bir otomobili frene basıp anında, takla attırmadan durdurmak gibi bir şey. Fizik kaidelerine aykırı. O kadar celâlin, gazabın, o kadar heyecanın ve sür'atin hâkim olduğu anda havadaki kılıç saniyeden az zamanda iner. Havada durur mu hiç? Durdu. 'Tak' diye durdu. Yerdeki şaşırdı "Ne oldu?" dedi "Şimdi niye yarım bıraktın işini?"

"Sen bana tükürdün ya." dedi Hazreti Ali, "Yani araya ben girdim; biraz önce ben yoktum arada. Seni Allah'ın rızası için öldürecektim. Fakat şimdi araya ben girdim. Bu kılıcı indirirsem korkarım katil olurum."

"Senin dinin böyle mi söylüyor?" dedi yerdeki.

"Evet!"

"Sen bana asıl canımı şimdi bağışla da öğret, dedi, bu dine nasıl giriliyor?" Ve Müslüman oldu.

Ejder-i nefsi helâk et. Yani nefsini düşman bil. Onun hakkından gel.

Mevlânâ Celâleddîn-i Rûmî hazretleri kavga eden iki köpek görüp talebelerine demiş ki: Bakın ne güzel bir hikmet, bir ibret cereyan ediyor. Bakmasını bilmezseniz iki köpek dövüşüyor. Ama o, şöyle bir bakış atıyor yanındakilere; biri beyaz biri siyah iki köpek bunlar. Hangisi bu maçı kazanacak, bilmiyoruz. Diyelim; beyaz köpek pozitifi temsil etsin kalp olsun, siyah köpek de nefis. Kalp ile nefis kavga ediyor. Hangisi kazanır? Sahibi hangisini iyi beslediyse... Yani sahibi nefsini çok beslediyse ki o haramla beslenir; savaşı o kazanır, Allah göstermesin. Kalbi kuvvetlendirdiyse de savaşı o kazanır. İş sendedir. Sevmekle, anmakla, istikameti muhafaza etmekle kalp beslenir. Harama tenezzül etmekle nefis azar, beslenir. Yenişehirli Avnî merhum diyor ki:

Helâk etmez bir iki darb-ı zikr emmâre-i nefsi
O bir tünd ejdehâdır kim nice cellâddan kalmış.

Mevlevî şairlerinden biridir. Bu nefis dediğin şeyi sakın hafife alma diyor. Amansız düşmandır. Öyle bir iki darbe, bir iki yumrukla falan adam olmaz. Çok cellat elinden kurtulmuş bir canavardır. Çok tehlikelidir. İnsanın en büyük düşmanı kendisidir, nefsidir.

Bir Anadolu deyişinden biliriz, değil mi efendim; Yedi mahalle toplansa senin sana ettiğini yapamaz. Sana verdiği zararı yedi mahalle organize olsa yapamaz. Sen senden sakın.

Eskiler derler ki:

"Sen çıkarsan aradan, kalır seni Yaradan."

Nev'î merhum 1699'da vefat etmiş. 'Nev'î' sonradan gelme, yeni yetme demektir. Yani mütevazı bir mahlâs seçiyor kendine. Mahlâsı çok mütevazı. Ben sonradan geldim. Biz talebeyiz falan. Fakat o tevazuu da şöyle bir giyindirmiş yeri geldiğinde:

Geldimse n'ola ben şuarâ bezmine âhir
Âdet budur âharda gelir bezme ekâbir

Bu meclise (şairler meclisine) en son geldikse yanlış anlamayın, elbette assolist en son çıkar sahneye, diyerek nefis bir tevâzu örneği gösteriyor. Nev'î merhum Ferhat üzerinden insanın asıl düşmanını şöyle anlatır:

Ferhâd'a öz vücûdu dağlarca hâil idi
Yoksa değildi âciz ol Bîsütûn elinden

Hani o Ferhat var ya; Şirin'in aşkından yanan efsane aşık. Hani o dağı delip de suyu şehre getirmekle görevli Ferhat. Hani o dağa giderken "Yahu bir tek kazma ile bir tek kişinin kuvveti ile bu iş biter mi? Bu dağda bu tünel açılır mı?" diye sormadan giden Ferhat var ya. An geldi kendisine, "Ah Ferhat sen Şirin için dağı deliyorsun ama Şirin öldü." dediler. Enerjisi bitiverdi. Dağa vurduğu kazmayı bu defa başına vurdu. Ve oracıkta öldü ya... Ha işte o Ferhat'ın bu yaptığı egoizmdir, diyor. Ferhat'ın bu yaptığına bile egoizm diyor, Nev'î merhum. Kendini düşündü, diyor. Bencil davrandı, diyor. Âşık öyle mi olur hiç, diyor. Âşık bizim gibi olur, diyor.

Peki neresinde bunun bencillik ey üstâd! Gözünü seveyim insafsızlık olmuyor mu, adam canı dâhil her şeyini feda etti.

Evet, diyor bencilliktir, zira kavuşma ümidi ortadan kalktığında biten aşk, aşk değildir. Demek ki kendisi için istiyormuş. Vuslat ihtimalini gözetmez âşık ve görevini yapar hiç şevki azalmadan.

Aşkın yolunda vuslat ihtimali nazara alınmaz. Hatta aşkta kavuşmak olmaz. Aşk bir fotoğraf değil, bir filmdir, sürer gider. Kavuşmak olmaz, kavuşmak olursa çoluk çocuk olur, evlilik olur, güzel şeyler olur; ama aşk başka şeydir. Ve aşk insana dair, dünyaya dair değildir. Hakikaten de Allah'a dairdir. Dünyada olup biten ise onun eğitimidir; temrindir, egzersizdir. O konuda çalışılır hiç de fena bir şey değildir. Ama aşk, Allah'a mahsus ve Allah'a dairdir.

Ejder-i nefsi helâk et Şîr-i Yezdânlık budur
Kibrini mahvet gönülden Şâh-ı Merdânlık budur
Menzîlin kâf-ı kanâat eyle Hâkanlık budur

Gerçek hakanlığı arıyorsan çok yüksek bir yere çıkıp, sözünün herkese geçmesini değil de kanaat kafının ankası olmayı gözle. Kanaat kafının ankası, Kafdağı bir efsane dağı, anka da bir efsane kuş. Adı var kendi yok. Ama bir modeldir. Ona benzemeye çalışılır. Fuzûlî üstad şöyle söyler:

Cîfe-i dünya değil kerkes gibi matlûbumuz
Bir bölük ankâlarız kâf-ı kanâat bekleriz

Harika değil mi? Mana anlaşılmasa bile. Ama gene de anlamaya çalışalım.

Karga gibi dünya çöplüğüne tamahkâr değiliz. Karga çöplükte dolaşır, bülbüldür gülü arayan. Ne yapayım ben çöplükte?

(Ed-dünya cîfetün tâlibuhâ kilâbun) dedi Hazreti Peygamber. Dünya çöplüktür, talipleri köpeklerdir. Cîfe-i dünya değil kerkes gibi matlubumuz; bizim beklediğimiz talep ettiğimiz şey dünya çöplüğü değil, karga gibi değiliz biz. Bir bölük Ankalarız Kâf-ı Kanâ'at bekleriz; kanaat kapısında bekleyen Ankalar gibiyiz. Bizim gıdamız da başkadır. Ayağımıza gelir zaten. Nâbî merhum diyor ki:

Pâyında bulur saydını ankâ-yı tevekkül
Etmez heves-i sayd ile bâl ü pere minnet

"Tevekkül ehlinin rızkı Anka kuşu gibi ayağına gelir. Sebeplere minnet etmezler, telaş etmelerine mahal yoktur."

Sebzenin âb gelir pâyına yerden gökten
Rızk içün olmadığından tek u pû kaydında

Rızık için telaş edip sağa sola koşuşturmadığı için çimenin ihtiyacı olan su, yerden gökten ayağına gelir diyor. Rızkı takdir edilmiş, rahat. Ya bahçıvan suluyor, olmazsa yağmur yağıyor; Hazreti Peygamber ***"kuşlar gibi tevekkül etseydiniz rızkınız da böyle size ulaşırdı"*** buyurdu. Kuşlar sabah yuvadan çıkar, açtır; ama hiç telaş etmez ne olacak benim halim diye. Acaba aç kalır mıyım demezler. Karınları doyar geri dönerler. Zaten rızık bitince ömür bitermiş. Rızık bittiği için ömür bitermiş. Ömür bittiği için rızık değil. Rızık sabit, o değişmiyor. Kaçsan da seni buluyor. Bitince de zaten ömür bitiyor. Kimseye ihtiyaç yok. Eskiler şöyle söylerler: "*İnsanlar teklif edileni ihmal ediyorlar da tekeffül olunanın peşinde ömür tüketiyorlar.* Teklif edilenler var ya hani şunu yap şunu yapma dikkat et burası çukur burası tümsek bak burada ateş var. Bak başına iş alırsın dikkat et filan görevler var ya onları ihmal ediyor. Ama rızkın garanti edilmiş olduğunu hatırlamayıp, bir telaş bir telaş. Kim rızkını yemeden ölmüş.

Özbekistan'dan birkaç genç talebe misafirim oldular evimde. Yıllar önce. Tabiî Özbekistan'dan Türkiye'ye gelince de bir gariplik var üzerlerinde; talebe kısmı zaten her zaman bir gariplik hissi içindedir. Bir de o kadar gurbet. Aman ya Rabbi! Şems-i Tebrizî hazretlerinin buyurduğu gibi; ***"ilim talebesine zillet ve gurbet lazım, aksi hüsrandır."*** Ben de onlara çay getirdim, yemek getirdim filan. Böyle bir saat hizmet edince, yaş farkı da var, arada koca ihtiyar bize hizmet ediyor diye üzüldüler falan; hissettim bunu dedim ki "bakın gençler evvelâ bir rahat olun, benim size teşekkür borcum var. Niye derseniz, bu yedikleriniz sizin rızkınızdı ve ezelden size takdir olunmuştu. Bunlar sizin. Bizzat gelip yemeseydiniz, meşakkate bak şimdi, al tut tabağa koy götür. Özbekistan'da ara, bul, tek tek; bir sürü iş. Beni kurtardınız."

Hak kefil oldu kulun rızkına halk eylemeden
Bunu fikr etmeyen endîşe-i ferdâya düşer.

Kayserili Belîğ isimli şâir. Hak kulunu yaratmadan evvel rızkına kefil oldu. İş bitti. Bunu düşünmeyen yarın kaygısına düşer. İnsanın başına da her türlü bela ondan gelir. Bir defa yarın var mı? İnşallah vardır. Yani garanti değil. Garanti değil.

Hazreti Ali harp sahasında ordunun morali bozulduğunda iki mısra okurmuş, tabiî Arabî. Meâli şu: Ölümün geldiği gün ve gelmediği gün ölümden çekinene hayret ederim. Geldiği gün çekiniyor olmak çare değil; korkunun ecele faydası yok.

Vakit geldiyse gidilir. Gelmediği gün ne diye korkuyorsun ortada ölüm yok. İşine bak sen. O gün geldi mi tamam Allahaısmarladık, der gidersin. İnşallah güzel gidersin. Hani dedim ya dua isteyeceğim, istiyorum bakın sonra düşüneceksiniz ya bu nasıl bir dua istiyordu. Bu sevimli bir arkadaşa benziyordu. Bu amcaya biz ne diye dua edelim, filan düşünmeyin ölürken gülsün diye dua edin, yeter. Onu istiyorum. Bizimki de ticaret kendi çapımızda efendim. Ne yaparsın?

Nev'î merhum bizi görse ne derdi: "Seninki egoizm" falan derdi herhalde. Doğru, egoizm, inkâr edecek değiliz."

Hây u hûdan fâriğ ol âlemde sultânlık budur
Pendini gûş eylegil mûrun Süleymânlık budur

Karıncanın nasihatına kulak ver Süleymanlık budur. Bu şiire dikkat buyurun yazan Sultan Süleyman, Kanunî Sultan Süleyman; ama Hazreti Süleyman Peygamber'e atfen diyor ki: "Gerçek Süleyman olmak karıncanın sözüne kulak vermektir. Süleyman adaşını taklit et. Kendine söylüyor, nasihati kendine yapıyor. Kanunî Sultan Süleyman diyor ki: "Hazreti Süleyman Peygamber karıncayı muhatap aldı dinledi sözüne itibar etti. Sen de ona bak Süleymanlık budur yani, diye. Kur'ân-ı Kerîm'de buyuruyor ya Hazreti Süleyman Peygamber'le karınca konuştular onu anlatıyor.

Rızktan konu açılınca Erzurumlu İbrahim Hakkı hazretlerinin muazzam bir kıtasını aktarmamak haksızlık olur. Diyor ki hazret:

Açılır bahtımız bir gün hemen battıkça batmaz ya
Sebepler halk eder Rahmân, kerem bâbın kapatmaz ya.

Benim Hakk'a münacâtım değildir rızk için hâşâ
Hüdâ Rezzâk-ı âlemdir rızıksız kul yaratmaz ya.

Ben başka bir şey için dua ediyorum; rızk için değil yani. Hocası İsmail Fakirullah hazretlerine yazdığı bir şiiri var. İlâhî olarak okunur; duymuşsunuzdur:

Cân u dilde hâne kıldın âkıbet
Sen beni mestâne kıldın âkıbet

Şol aşkın zencîrin tahrîk eyleyip
Sen beni dîvâne kıldın âkıbet

Dâne iken bağ u bostan eyledin
Dâneyi yüz dâne kıldın âkıbet

Ey Fakîrullah bu Hakkı bendeni
Vasıl-ı cânâne kıldın âkıbet

Bana şu açıdan çok dokunaklı geliyor. Erzurumlu İbrahim Hakkı hazretleri herkesin bildiği, herkesçe tanınan bir âlim zat. Neresinden baksan mükemmel yani; hezarfen bir insan, herkes biliyor.

İsmail Fakîrullah hazretleri ise ancak bilenin bildiği, bilmeyen birisi için gayet vasıfsız görünüyor. Garip bir derviş. "Evliyânın zâhiri zehirdir" derler; dışına baktın mı felâket. Özüne bakmak saadet, ama kime nasip…

Evliyâya kim bakarsa ten gözîle serserî,
Bî-basardır, cânı yoktur, ölüdür, değil diri.
Evliyâ cândır, gerektir can gözîle bakıla,
Zîrâ kim canlı kişiler câna olur müşteri.

O durumda İbrahim Hakkı hazretleri öyle bir teslim olmuş ki yanmış yakılmış. Aman Allah'ım! Aşk dediğin de böyle bir şey ya. Aşk budur işte ya. Beni zincire bağladın aklımı aldın diyor. Ben bir taneyim sen beni yüz tane yaptın. Çürümeye terk edilmiş bir tohum gibiydim, sen ektin beni diyor. En sonunda diyor: O, Hakkı isimli bendeni (yani köleni) vasıl-ı cânâne kıldın (yani sonunda sevgiliye, Allah'a kavuşturdun).

Sonra vasiyeti üzerine hocasının ayak ucuna, seviyesi biraz aşağıda olmak üzere defnolunuyor Erzurumlu İbrahim Hakkı veya Tillolu İbrahim Hakkı hazretleri.

İsmail Fakîrullah hazretlerine sormuşlar; talebeniz İbrahim Hakkı'nın şu kadar kitabı var, siz bir şey yazmadınız, niçin, diye. 'İbrahim Hakkı'yı biz yazdık' demiş.

Âdem oldur bıraka cihâna şol bir eser
Esersiz göçenin yerinde yeller eser

Adam eseri bırakmış kıyamete kadar devam ediyor işte. İmrenmemek kabil değil, imrenmeli. Şu var ki seviyorsan bil ki seviliyorsun

Min-el kalb-i ile-l kalb-i sebîlâ *(Kalpten kalbe yol vardır.)* O sevgi sana bedava da verilmez. Veren kime ne verdiğini biliyor. O sevgi hâsıl olduğu zaman önce hâsıl olması için çok dua etmek lazım. Gelince de kıymetini bilmek lazım. Kişi sevdiği ile beraberdir çünkü ve kişi sevdiğinden kıymet alır. Bir insanın değeri ne? Tesbit çok kolay; kimi seviyor? Neyi seviyor o kadardır değeri. Sevildiği zaman bilmeli ki; ne demişti, Gaybî? Merhum Kütahyalı Gaybî:

Aşk odı evvel düşer ma'şûka andan âşıka
Şem'i gör kim yanmadan yandırmadı pervâneyi

Pervaneyi anlatan bir şey söyle dense ilk aklımıza gelecek beyit bu olurdu herhalde. Buyurun işte Gaybî böyle demiş. Daha açık ne söylenebilir? Demiş ki yani aşk ateşi önce sevilene düşer oradan âşığa... O yanmıştır da seni yakar. Yandınsa bil ki o senden önce yandı.

Lisân-ı aşk ederdi güft u gû tâ olmadan evvel
Ne sen peydâ ne ben peydâ ne dil peydâ ne can peydâ

Aman ya Rabbi! Acayip adam bu Ali Emîrî. 1924'de vefat etti. On iki bin cilt kitap bıraktı. Şahsî mülkü. Her birini toplaması ayrı bir hikâyedir. Tam bir kitap sevdalısı olarak ömrünü tamamladı. Allah rahmet etsin. Herkes de merak ediyor bu kadar kıymetli eseri ne yapacak acaba diye. Çünkü yeri geldi devrin başbakanı ile (sadrazam) kavga etti kitap için. Kitabı kendisinden izinsiz alıp da bir nüsha çıkarttı diye o dönemin okumuşlarından biriyle ölümüne mücadele etti. onsekiz sayı çıkardığı dergide, kendine ayırdığı köşede o kişi hakkında demediğini bırakmadı. Kitabına dokunulmuştu bir kere ve bundan büyük suç olmazdı. O adamın katli vacipti. Öyle bir durum yani. Bu kadar kıymet verdiği kitapları acaba ne yapacak bu Emîri? Paraya tahvil etse Kârun kadar zengin olur, diye insanlar merak ederlerken vasiyeti çıktı. Millete vakfettim dedi. Millete vakfettim: Millet Kütüphanesi diye bir müessese kurulsun, orada bunlar muhafaza edilsin. Zevzeklik istemem, kapısında Ali Emîrî falan isim yazmayacak.

Millet Kütüphanesi Fatih Camii'nin altında şimdi. Ziyaretçilerini bekliyor. Ve bütün kütüphaneler gibi çok temiz, tertipli, sakin, hiç uğrayan yok yani, tertemiz. Ben hiç kalabalık kütüphane görmedim. Çok temiz oluyor böyle pırıl pırıl; ara sıra yolumuz düşüyor bakıyorum. O kadar güzel ve tertipli ki; yani her yer öyle olsa ne güzel olacak. Kütüphaneler çok temiz ve düzeni hiç bozulmuyor.

Lisân-ı aşk ederdi güft û gû tâ olmadan evvel
Ne sen peydâ ne ben peydâ ne dil peydâ ne cân peydâ

Ey sevgili aşkın lisanı diyeceğini diyordu, ta başından beri sen de yoktun ben de. Gönül de yoktu can da. Yani aşk kıdemlidir.

Şimdilik hüsnü sana aşkı bana vermişler
Âriyettir bu da cânâ ne senindir ne benim

Fuzûlî de böyle söyledi. Güzelliği sana verdiler ey sevgili, aşkı da bana. İkisi de emanettir. Kıymetini bilelim yani ve hıyânet etmeyelim; gururlanmak şöyle dursun.

Canı cânan dilemiş vermemek olmaz ey dil
Ne nizâ eyleyelim ol ne senindir ne benim

Canı dileyen sevgili. Allah emretmiş. İtiraz mı edeceğiz. Senin de değil benim de değil ey gönül. Allahaısmarladık.

Ölünce benim halim ne olur; kime giderim demişti sahâbî. Hazreti Peygamber, Rahman ve Rahim olan Allah'a gidersin, deyince, "Ya Resûlallah hiç korkum kalmadı." demiş, "Ben seni tanıdım, uçsuz bucaksız merhameti şefkati sende gördüm. Seni gönderen Allah elbette daha büyük merhamet sahibidir, mesele yok." demiş.

Ölüm ölene bayram, bayrama sevinmek var
Oh ne güzel bayramda ağaç ata binmek var.

Tabuta binmeyi Necip Fazıl Kısakürek çocukların tahtadan yapılmış bir ağaçla oynamasına benzeterek diyor, ağaç ata bineceğiz, oynayacağız.

Ölüm güzel şey, budur perde ardından haber
Hiç güzel olmasaydı, ölür müydü Peygamber

diyen de O. Ölüm güzel bir şey olmasa Hazreti Peygamber ölür müydü? Mühim olan iyi ve güzel yaşamak; yoksa herkes ölür. Herkes ölür ama herkes gerçekten yaşamaz.

Bakın bir kıt'a daha seçelim Kâtibî'nin Muhibbî'ye tahmîsinden; son kıt'a:

Kâtibî terk et hevâ-yı nefsi vardır âhiret
Nefsî nefsî olduğu gün ede tâ ki mağfiret
Hak buyurmuş bunu ol Şâh-ı Süleyman-saltanat
Nefs hazzın ey Muhibbî vermegil hayvan-sıfat
Zabt-ı nefs et ârif ol âlemde insanlık budur

Kâtibî mahlâslı şair Seydî Alî Reis. Kaptan. Deniz kuvvetlerinde tümamiral seviyesinde.

Her tarafından kemal görünen bir zat Sultan Süleyman. Hem muazzam bir devlet adamı hem muazzam bir şair. Yazdığı Türkçe divanda üçyüzün üzerinde gazel var. Farsça divan hariç. Gazellerinden birine yapılan tahmisin ilk kıt'asını başta ele almıştık. Son kıt'anın günümüz Türkçesi ile karşılığı:

Âhiret hayatı sonsuz; sen nefsin arzularını takip etmeyi bırak âhirete yatırım yap. Olur olmaz şeyleri terk et; lüzumsuz işler bunlar. Mahşerde herkes kendi derdine düşer. O gün affa kavuşmak için hazırlık yap. Sen onu anarsan o seni anar, sen kulluğuna bak. Bak ne kadar doğru söylemiş Sultan Süleyman; ibret al.

Nefsin arzuları peşinde olmak hayvan sıfatına bürünmektir. Hayvandan insanı ayıran şudur ki; nefsin ihtiyaçlarını vermeli, isteklerini vermemeli. İhtiyaçlarını ver yani üşütme, aç bırakma. Ama ihtiyaç başka, istek başka. İktisat derslerinde de bu mesele hep karıştırılır. İktisat ilminin tarifini yaparken 'sonsuz ihtiyaçların sınırlı kaynaklarla karşılanması' denir hep. Oysa insanın ihtiyacı sonsuz değil, isteği sonsuzdur. İhtiyacı sınırlı. Bir insana lazım olan şeyler belli. İhtiyaçla istek birbirine karışırsa Muhibbî merhumun dediği gibi olur, yani hayvan sıfatına bürünmek. Canı ne isterse oraya gidiyor, ne isterse onu yapıyor falan.

Öyle yapma diyor. ***"Zabt-ı nefs et ârif ol 'âlemde insanlık budur."*** diyor nefsine hâkim ol, ârif ol, perdenin arkasını görmeye bak. Münafık göze inanırmış mümin söze.

Kızıldeniz'de helak olmak üzereyken Firavun feryat ediyor. Diyor ki: Musa'nın Rabbine iman ettim. Aldığı cevap *"Sen Musa'nın sözüne inanmadın; şimdi gördüğüne inandın. Bu iman geçersizdir; sahtedir."*

Hakka talipsin gönül fikrün veli yabandadır.
Böyle mi bilmek dilersin hakkı aklun kandadır.

Senin aklın nerde diyor. Hakkı bilmek istiyorsun ama gönlün başka yerde diyor. İnsana birlik tavsiye ediliyor. Kalbi, eli, gözü, dili aynı hizada olacak; gez göz arpacık gibi. Yoksa eli işte gözü oynaşta durumu olur, bu durumda da hiçbir hayır gerçekleşmez. Buna 'odaklanma' diyoruz şimdilerde, eskiler 'himmet' derdi. Yani bütün enerjinin tek bir noktaya teksîfi, hedeften sapmama.

Ben yola çıkmışım gidiyorum. Sağa sola bakar mıyım artık. Gidiyorsun kenarda çok güzel süsler varmış, varsın olsun; yol orası. Yol kalmak için değil geçmek içindir. Yolda hayvanın süsüyle, palanıyla uğraşıp da yolda kalan gibi olma diyor Hazreti Peygamber. Gideceğin yerde çok kalacaksın. Çok uzun bir yer. Ama sen yolda köprünün süsüne, atın palanına, otuna yularına takılırsan; bu noktada Fennî merhumun bir kıtası aklıma geliyor. Daha önceki kitabımızda da Fennî'nin meşhur 77 mısralık şiirini arz etmiştik. Şimdi bir kıtanın yeri geldi. Aslında bu tekrara düşmek değil, bir hatırlatma; yani Fennî merhum kendini tekrar hatırlatıyor bize.

Fennî merhumun divanı için ne söylense az. Yüzlerce gazeli var; ama bir tek şiiri üzerinde ne kadar dursak yeridir. 77 mısra 77 değer hükmü. Art arda 77 atasözü söyleyen adama ne buyrulur. 1918'de vefat etti. Merhum 1850 doğumlu, 68 yaşında gitmiş demek ki. Ankara Cebeci'de kabri. Sultan Abdülhamid'e bir kaside yazmış; ama ulaştıramamış. Nasip olmamış. Zor şartlar, devlet çöküyor; vaziyet gayet kritik. Nasip olamamış ama Sultan Abdülhamid'le aynı sene o da gitmiş. Orada kavuşmuşlardır. Hani bilirsiniz Ebül Vefa hazretlerinin kapısına geliyor Sultan Fatih. Cennet mekân, ziyaret etmek istediğini bildiriyor. Talebeleri içeriye giriyor efendim sultan kapıda diyor. Devlet başkanı gelmiş kapıya. İstanbul Fatihi gelmiş de ziyaret edecek. Ne yapılır. El-ayak olunur, bir telaş olur falan. Öyle olmuyor. Gelen haberciye diyor ki Ebül-Vefâ: Bildiriniz sultanımıza, meşgulüz, görüşemeyeceğiz. Müsait değiliz diyor. Mesajı alınca Sultan Fatih anlıyor tabiî; gözleri doluyor. Yanındakine diyor ki: Aşılmaz denilen Bizans'ın surlarını aştık. Biiznillah. Ama bir dervişin tahta kapısından geçemiyoruz bak. Şimdi kapıyı mı kıracağız. Zorla mı gireceğiz. Olmuyor işte. Olmadı da. O hüzünle geri döndü. Haberi getiren geri döndü baktı. Hocası Ebül Vefa da ağlıyor. Efendim siz de üzülmüşsünüz o da üzüldü. Bir kabul etseydiniz olmaz mıydı? Teşehhüd miktarı bir sohbet olsaydı gelmişken.

"Evlat! Bu dünya tüm arzuların tecelli mekânı değil ki. Sebepler var, hikmetler var... Gelir de buranın tadını alırsa Sultanımız, buradan hiç ayrılmaz tacı, tahtı bırakır; hâlbuki o orada lazım. Dua askerinin işi başka, gaza askerinin işi başka. Herkes işini yapacak. Onunla öyle bir yerde buluşacağız ki ayrılık olmayacak. Randevu verdik biz; o da anladı gitti.

Devlet ricali âlimlere, evliyaya böyle bakar, böyle yaklaşırdı. O yüzden de çok büyük oldular; kendileri de devlet de. Kafa bilgilerine sahip olana âlim derler, kalp bilgilerine vâkıf olana ârif; hem kafa hem kalp bilgilerine vakıf olana velî derler.

Ve denilmiştir ki; "âlimin karşısında diline, ârifin yanında kalbine mukayyet ol.' Devlet başkanının iyisi âlimin ayağına gidermiş, âlimin kötüsü de devlet başkanının kapısına.

Harun Reşid cennet mekân *"beni bir kalp gözü açık kişiye götür"* demiş yanındakine. "Benim kalbim karardı" demiş. "Nasihate ihtiyacımız var". Dediği kişi Fudayl-ı Bermekî isimli veziri. Hemen Süfyan bin Uyeyne hazretlerinin evine götürmüş. Süfyan bin Uyeyne çok büyük bir fıkıh âlimi. İlim sahibidir hiç şüphe yok. *"Efendim zahmet buyurdunuz emretseydiniz biz gelirdik"* demiş. Harun Reşid demiş ki: *"Aradığım bu değil. Vezirine buraya gelmem bir daha demiş."* Süfyan da hemen anlamış meseleyi; *"evet"* demiş, *"burası yanlış hakikaten. Siz Fudayl bin Iyâd'a gideceksiniz"* demiş. Gidin de muameleyi orada görün.

Fudayl bin Iyad'ın kapısını çalıyorlar. *"Kim o?"* diye soruyor Hazret. *"Halife Sultan geldi diyor."* Vezir.

Fudayl ise, ***"Bizim sultanla bir işimiz yok."*** diyor. ***"Dönsünler, meşgulüz."*** diyor. Vezir ısrar ediyor kapıyı kıralım mı diye. Zorla mı girelim yoksa açacak mısın?

- Gönlüm yok, rızam yok, sizinle de bir işim yok. Ama ille de girecekseniz ben ne yapayım, diyor. Giriyorlar. Onlar içeri girince ışığı söndürüyor Fudayl bin Iyâd.

- Cehennemlik yüzler görmeyeyim, diyor. Mesaja bak. Karanlıkta eli eline değiyor Harun Reşid'in. Tutuyor elini,

- Maşallah ne yumuşak eller, diyor. Cehenneme girmese iyi olurdu, diye ekliyor. Harun Reşid hüzünleniyor, ağlamaya başlıyor. Bastırdıkça bastırıyor bastırdıkça bastırıyor.

- Sen deden Hazreti Ömer'in tahtına oturdun biliyor musun? Fırat kıyısında kurt kuzuyu yese senden sorulur; yönettiğin insanların yaşlılarını baban, akranını kardeşin, küçüklerini evladın bilmelisin, diyor. Benzer sözlerle o hâle getiriyor ki, Harun Reşîd ağlaya ağlaya kendinden geçiyor. Fakat bastırdıkça da bastırıyor Allah dostu Fudayl.

Öyle bir hâle geliyor ki artık Vezir Fudayl devreye girip

- Yeter ey Fudayl! öldüreceksin halifeyi, diyor. Bunun üzerine Fudayl bin Iyâd:

- Sus ey Hâmân! Onu bu hâle ben değil siz getirdiniz, diyor. Hâmân Firavun'un veziri. Lafa bakın! Harun Reşid,

- Sana Hâmân demesi beni Firavun yerine koyduğundandır, diyor ve artık kendini hepten kaybediyor.

En son gideceklerken bir miktar para çıkarıyor cebinden Halife ve diyor ki:

- Bu, diyor, annemden mirastır; Beytülmâl'in değil yani, yüzde yüz helal; şunu kabul ediver Allah için; ilme harcarsınız bizde hissedâr oluruz. Kabul etmesini istirham ediyor. Fudayl bin Iyâd hışım ve celâlle odayı terk ediyor ve giderken şöyle diyor:

- Bu kadar nasihatin sana hiç faydası olmadı.

Ömrü boyunca Harun Reşid aldığı nasihatlarla "Ne mert kimsedir o." dermiş...

İşte Fennî merhum, bu kültür ikliminden 20. yüzyılda ne haberler veriyor bize bakalım: Çok fennî bir insanmış, İdrak sahibiymiş, bağrı yanıkmış besbelli. Yozgatlıdır Mehmet Said Fennî.

Tuz ekmek hakkını hıfz eylemekte i'tinâ göster,
Hudâ'dan gayre 'arz-ı ihtiyâç etme gınâ göster,
Tama'dan kıl ferâgat ehl-i îsâr ol sehâ göster,
Şikâyet etme Hakk'ı halka her hâle rızâ göster.
Düşen bî-keslere rahm et tarîk-i i'tilâ göster,
Sakın bir dîdeyi ağlatma handân olmak istersen,
Dokunma hâtır-ı mûra Süleymân olmak istersen.

11 kıtadan biri. Tuz ekmek hakkını iyi koru. Bu hususta özen göster, itina göster diye başlıyor. Nedir tuz-ekmek

hakkı? Hoca hakkıdır, baba hakkıdır; patronun senin üzerindeki hakkıdır. Yani nimet gelmesine vesile olan herkesin senin üzerindeki hakkı tuz ekmek hakkıdır. O senden bir şey bekliyordu. Okuturken veya yetiştiririrken, doğduğunda sevindi, başın ağrıdığında üzüldü. Hak doğdu. O hakkı muhafaza et. En çoğu da hocanın hakkıdır yani. Hazreti Peygamber öyle buyuruyor. Üç baba vardır diyor: Doğumuna sebep olan baba bir, kızını veren baba iki, üstadı üç. En üstünü üstadıdır.

Hudâ'dan gayre 'arz-ı ihtiyâç etme gınâ göster. Allah'tan başkasına bir şey arz etme Ondan iste. İhtiyacını Rabbine arz et. Ayakkabının bağı da olsa Allah'tan iste diyor Hazreti Peygamber. Allah'tan iste, sen O'nun kulusun. Kula boynunu bükmek yaraşır. Şikâyet etme Hak'tan halka her hâle rızâ göster. Çok güzel söylemiş merhum. Sana verilen onca nimeti unutup da vermediği bir şeyi hatırlayıp şikâyet ederse arabamın modeli düşük evin damı akıyor gibi. Kimi kime şikâyet ediyorsun farkında mısın? Allah'ı kullarına. Ne kadar ayıp. Şikâyet etme. Verdiklerini saydın mı? İmam-ı Gazali öyle diyor. Tesbih çeker, titizlikle sayarsın da, günahlarını saydın mı?

Düşen bî-keslere rahm et tarîk-i i'tilâ göster.

Düşen birini gördüğün zamanda bunlara merhamet et. Kolaylık yolunu göster. Zaten adamın canı çıkmış. Ümidi kırılmış. Bir de sen zorluk gösterip de mahvetme. Hiç değilse moral ver.

Nâbî merhum diyor ki:

Mülk-i hâtır-hâhda maksûdun istiklâl ise
Müşkilât-ı gayrı halle çâre-cûluklardadır.

Yani; insanların gönlünde taht kurmanın yolu, kendi derdini arka plana alıp başkalarının dertlerini çözmek için gayret sarf etmektir. Hem sen onun derdi ile meşgul olursan, senin derdini de çözen bulunur. Sen iyilik yap at denize, balık bilmezse Hâlık bilir. Nitekim Fennî merhum da sonlara doğru şöyle devam ediyor:

Edersen bir iyilik, intîzâr eyle mükâfâta.
Yaparsan bir fenâlık, hâzır ol 'ayn-ı mücâzâta.
Lihâzâ müstâkîm ol, inhimâk etme huzûzâta.
Eğer kîsende pâran var ise, sarf eyle hayrâta.
Şu nushi dinlemezsen, dûş olursun çok beliyyâta.
Sakın bir dîdeyi ağlatma handân olmak istersen.
Dokunma hâtır-ı mûra Süleymân olmak istersen.

Yani; bir iyilik yapınca, hiç merak etme karşına çıkar. Kötülük yaparsan da bulursun tabiî. Yani bil ki ektiğini biçeceksin. Şu kadar var ki kötülüklerinin karşılığı bire bir gelir de iyiliklerine en az on kat karşılık bulursun. Tüccar akıllı olmalı. Üçüncü mısrada, doğru yoldan sakın ayrılma diyor; hazlara aldanma. Bize bazı şeyler lezzetli gelir ya hepsinin bir sebebi ve hikmeti vardır. Neslin ve hayatın devamı içindir. O lezzete takılıp da bala düşen sinek gibi olma yani. Marifetnamede İbrahim Hakkı hazretleri dünyayı anlatırken şöyle der: Dünya bala benzer içine düşen sineğe. Devamında ise; ihtiyaçtan fazla paranı hayırda sarf et; yoksa ya yersin, biter gider ya da miras bırakırsın başkaları paylaşır. Hayra sarf et, hep senin olsun. Akıllı ol. Yiyip bitirmek, bire bin elde edebileceğin tohumu bir öğünde pişirip yemek kadar ahmakça bir iş olur. İnsan utanır sonra. Pişman olur ve ah! der.

Yerin altında en çok ne var diye sordu Behlül Dânâ, Harun Reşid'e; "Herhalde ölüler" deyince, "yok, ölülerin pişmanlıkları" dedi Behlül Dânâ.

Bir gazelde hayatın prensiplerini (olması gereken ve olmaması gereken şeyleri) bu kadar şümullü ve estetik dizen merhumu rahmetle anmalı. Bu meyanda her fırsatta, programlarımızda dört örnek şiirden bahsediyoruz. Et tekrâr u ahsen velev kâne yüzseksen. Diyarbakırlı Said Paşa'nın 55, Fennî merhumun 77, Alvarlı Efe'nin 66 mısra ve Erzurumlu İbrahim Hakkı'nın 31 kıt'a şiirleri. Her biri şaheser, hayat düsturu. Gözden geçirilmeye değer...

Arzu Çeşmesi

Nâbî'de durum biraz daha farklı. Nâbî merhum ise yedi beyit üzerinden hayatın pozitiflerini negatiflerini bize anlatır; önceki sayfada bir beytine temas etmiştik. Diğer beyitleri şöyle:

Lezzet-i âzâdegî bî-arzûluklardadır
Çâşnî-i istirâhat nerm-hûluklardadır

Hatır-ı ahbâbı teshîrün reh-i âsânteri
Bî-tekûllüf bî-tasannu' hande-rûluklardadır

İmtinânından halâs olmak kibâr-ı âlemin
Çeşme-sâr-ı ârzûdan dest-şûluklardadır

Mülk-i hâtır-hâhda maksûdun istiklâl ise
Müşkilât-ı gayrı halle çâre-cûluklardadır

Kuvvet-i reftârdan vâ-mânde olmuşken yine
Pây-i bed-hûy-ı heves bîhude-pûluklardadır

Cânib-i manayâ fehm it secdesinden hâmenün
Mâye-i sâmân-ı rif'at ser-fürûluklardadır

Nev-be-vev mîve zuhurîveş dıraht-ı köhneden
Tab-ı Nâbî pîrlikde tâze-gûluklardadır

***

Lezzet-i âzâdegî bî-arzûluklardadır
Çaşnî-i istirâhat nerm-hûluklardadır

Hürriyetin lezzetini eğer merak ediyorsan, "nasıl hür olurum ben?" Esaretten nasıl kurtulurum diyorsan; arzu beslemekten kendini kurtar diyor. Ne kadar çok şey lazım diyorsan o kadar esirsin demektir. Seyyid Fehim Arvâsî hazretleri buyurmuş ki; "***Bu bana lazım değil diyen rahat eder.***"

Cihânın ni'metinden hisse ümmîdin götür Rûhî
O denlü tâlibi var kim ne sana ne bana artar.

demişti Bağdatlı Rûhî de. Gönlüyle söyleşerek diyor ki; "Ey gönül bu dünyanın nimetinden hisse koparmak gibi bir arzun var ise vazgeç; o kadar çok müşterisi var ki bize düşmeyecek. Yok yere bir sürü lüzumsuz gürültü." Kendiyle söyleşiyor ama. Ne kadar zarif bir üslup. Kimseye bir sözü yok bunların. Gönlüyle söyleşir, fakat bunu yüksek sesle yapar ve bize üçüncü kişi olarak kulak misafiri olup hissedar olmak kalır. Tabi istersek...

Ve devam ediyor Nâbî; Hür olmak arzuları terk etmekte, rahat ve huzur yumuşak huylu olmakta gizlidir. Yumuşak huylu olursan rahat edersin, sert huylu olursan mutlaka kırılırsın. Çaresi yok. Su gibi yani!

Hatır-ı ahbâbı teshîrün reh-i âsânteri
Bî-tekûllüf bî-tasannu hande-rûluklardadır

İnsanların gönlünü kazanmanın kolay yolunu göstereyim size diyor; Gösterişsiz, zorlamasız, kendiliğinden samimi tebessüm etmektir. Öyle yapmacık bir sırıtma değil.

İmtinânından halâs olmak kibâr-ı âlemin
Çeşme-sâr-ı ârzûdan dest-şûluklardadır

Zamane büyüklerinin, makam sahiplerinin minnet ettirmesinden kurtulmanın çaresi; Arzu çeşmesinden elini yıkamadır. Hiçbir şey istemezsen kimse sana minnet ettiremez.

Kuvvet-i reftârdan vâ-mânde olmuşken yine
Pây-i bed-hûy-ı heves bîhude-pûluklardadır

Dizlerinde derman kalmamış, artık seccadeye oturup namazında olması gereken bazı ihtiyarlar, gençlere özenir ya; bu çok kötü bir yoldur. Hani Efendimiz Aleyhisselâtüvesselam'ın bir Hadis-i şerif-i var ya; ***Yaşlının şerlisi gençlere özenir, gencin hayırlısı da ihtiyara.***

Cânib-i manayâ fehm it secdesinden hâmenün
Mâye-i sâmân-ı rif'at ser-fürûluklardadır

Kalem, normal duruşunda bir işe yaramaz. Ancak başını öne eğdiği zaman hikmetleri yazmaya başlar. Kalemi taklit et de mütevazı ol başını öne eğ.

Nev-be-vev mîve zuhûrîveş dıraht-ı köhneden
Tab-ı Nâbî pîrlikde tâze-gûluklardadır

Köhnemiş bir ağaçtan taze meyve gelir mi diye soruyorsan söyleyeyim; benim gibi yaş kemale geldikten sonra böyle hikmetli mısralar söylersen, köhne ağaçtan taze meyve böyle olur.

Hazır söz Fennî'deyken ve araya Nâbî'den bir beyitler girmişken, Fennî ile Nâbî'nin kesişim noktasında Fennî'nin yaptığı tahmisi arz edeyim. Ama önce Nâbî'nin şu hikmet dolu beytine bir bakar mısınız?

Oldu beyâz-ı subh gibi mûy-i ser sefîd
Ey hufte çeşm uyan ki ibâdet zamânıdır

Tan yerinin ağarması gibi saçlar ağardı ey Nâbî. Aynaya bak. Ne yapmalı; tabiî ki daha fazla ibadet... Ey gafil gözlerim, uyan ki ibadet zamanıdır! Tan yeri sonsuz hayatın başlamasına verilen isimdir. Nitekim Nâ'ilî bir beytinde der ki;

Olur rüsvâ-yı subh-i mahşer ol kim şâm-ı gaflette
Bu bağın gül sanıp hâr-ı mugaylânını devşirmiş.

Şu demek olur: Dünya akşamından mahşer sabahına gelindiğinde, gülleri bırakıp da deve dikenlerini toplayıp gitmiş olanlar, çok mahcup ve rezil olurlar.

Ak saçlar toprakla nişandır. Düğünümüze de bekleriz…

Gelenek! Gelene ek...

Fennî'nin Nâbî'ye tahmisini aktaracaktık:

Makarrdır Fennîyâ bu arz-ı akdes bir şehinşâha
Değişmem bir avuç toprağını hurşîd ile mâha
Muhakkak feyz alır kim yüz sürerse bu feyz-gâha

Mürâ'at-ı edeb şartıyla gel Nâbî bu dergâha
Metâf-ı kudsiyândır bûsegâh-ı enbiyâdır bu.

1712'de vefat eden Nâbî'ye, 1918'de göçen Fennî tahmis yapıyor. Pınar hâlâ akıyor yani gürül gürül. Allahü Teâlâ vermek istemeseydi, istek vermezdi.

Makarrdır Fennîyâ bu arz-ı akdes bir şehinşâha.

Değişmem bir avuç toprağını hurşîd ile mâha
Muhakkak feyz alır kim yüz sürerse bu feyiz-gâha

Şahlar şahına, en kıymetli olana mekândır burası. Medine'den bahsediyor. Hazreti Peygamber'in kabrinden bahsediyor. Buranın bir avuç toprağı aya, güneşe değişilmez. Buraya gelip de yüz süren, boş dönmez, muhakkak feyz alır, diye devam ediyor.

Ve söz Nâbî'de:

Mürâ'at-ı edeb şartıyla gel Nâbî bu dergâha.

Edebe uyarak gerektiği gibi gel bu kapıya ey Nâbî. Zira;

Matâf-ı kudsiyândır bûsegâh-ı enbiyâdır bu.

Meleklerin hürmetle tavaf ettikleri ve peygamberlerin eşiğini öptüğü kapıdır bu.

Gibi gibi...

Sevgili okuyucular, Fennî merhumun öyle tatlı ve hikmetli bir gazeli var ki! Divânını karıştırırken âdeta insanı çarpar. Fennî'nin tavrı, Nâbî merhuma da çok benzer ayrıca. İki usta da "hikmet"i çok güzel ifadeye koyarlar. Yozgatlı Mehmet Said Fennî merhum bakın nasıl söylemiş;

Bi't-tezellül hâk-i pây-i Pîre yüz sür mâ gibi
İ'tilâ-yı kadr ise maksûd eğer Tûbâ gibi

Rızk için etme te'essüf olma hem-tavr-ı mekes
Müsterîh ol Kâf-ı temkîne çekil 'Ankâ gibi

İğtinâm eyle hayatı ehl-i derde hem-dem ol
Çünkü bak mâzîleri görmektesin rü'yâ gibi

Dil-şikenlik yapma hiç bir şahsı etme telh-kâm
Lezzet-efzâ-yı dimâğ-ı âlem ol helvâ gibi

Nûş edip sahbâ-yı aşkı sen de gir o 'âleme
Var mı bir lezzetli 'âlem 'âlem-i ma'nâ gibi

Nâr-ı 'aşka yan yakıl derd ehli ol pervâne-veş
Derd için feryâda düşme bülbül-i şeydâ gibi

Etme hiçbir şahsa hiçbir şey'e nefretle nigâh
Kâ'il ol her ne gelirse kâbil ol deryâ gibi

Sende mahfîdir murâdın senden eyler cüst ü cû
El atıp etrâfa çırpınmak nedir a'mâ gibi

Olmasın ammâ derûnunda hevâ-yı mâl ü câh
Fennîyâ bir işle uğraş tâlib-i dünya gibi

Yüz sürenler hâk-i dergâh-ı Cenâb-ı Ahmed'e
Zîver-i ser-nâme-i 'irfân olur tuğrâ gibi

Matla'-ı nûr-ı muhabbet kıl ilâhî gönlümü
Serd ü târîk olmasın yâ Rab şeb-i yeldâ gibi

Şimdi de beyit beyit manasına bakalım:

Bi't-tezellül hâk-i pây-i Pîre yüz sür mâ gibi
İ'tilâ-yı kadr ise maksûd eğer Tûbâ gibi

Eğer maksadın Cennet ağacı olan tûba ağacı gibi yükselmekse, tam bir tevâzu ile, tezellül ile Pîrinin kapısına, eşiğine yüzünü sür. Hatırlanmalıdır, aşırı tevazu etmenin yerinde olduğu iki yerden biri Hocanın huzuru.

Rızk için etme te'essüf olma hem-tavr-ı mekes
Müsterîh ol Kâf-ı temkîne çekil 'Ankâ gibi

Sinek gibi olma rızık işinde. Tereddütlü olma. Ne bulurum ne yerim diye çöplüklerde dolaşma. Müsterih ol. Anka kuşu gibi temkin kâf'ına çekil. Hani şu adı var kendi olmayan Kaf dağına. Rızkın seni zaten kovalıyor, kaçamazsın istesen bile. Garanti olmayan bir şey var; Son nefes! Garanti olunanı bırakıp garanti olmayanın peşinde koşma.

Eskilerin deyişiyle, ***teklif edileni unutup tekeffül edilende ömür harcama.***

İğtinâm eyle hayatı ehl-i derde hem-dem ol
Çünkü bak mâzîleri görmektesin rü'yâ gibi

Hayatı ganîmet bil. Ele geçen servet gibi yani. Çok kıymetli ama her dakikasının kıymetini bil. Nasıl bil? Dert ehli olanlarla beraber otur kalk. Gamsızlarla değil.

Dil-şikenlik yapma hiçbir şahsı etme telh-kâm
Lezzet-efzâ-yı dimâğ-ı âlem ol helvâ gibi

Kimsenin gönlünü kırma, kimseye acı söz söyleme. Herkesin tadı damağında kalan bir helva gibi konuş. Tatlı ol.

Nûş edip sahbâ-yı aşkı sen de gir o 'âleme
Var mı bir lezzetli 'âlem 'âlem-i ma'nâ gibi

Aşkın çayını içip, o âleme sen de gir. Bak! Daha ölmedin. Ma'nâ âlemi gibi lezzetli bir âlem var mı? Bilmiyorsan öğren diyor. En tatlısı bu...

Nâr-ı 'aşka yan yakıl derd ehli ol pervâne-veş
Derd için feryâda düşme bülbül-i şeydâ gibi

Aşkın ateşine düş. Pervâne gibi yan. Bülbül gibi gevezelik edip durma. Onun mesleği bu. Çok ötüyor, çok konuşuyor. Sen pervâne gibi sessiz ol.

Etme hiçbir şahsa hiç bir şey'e nefretle nigâh
Kâ'il ol her ne gelirse kâbil ol deryâ gibi

Hiçbir şeye nefretle kızarak bakma. En azından şefkatle bak. Gelene râzı ol. Çünkü Allah işini bilir. ***"Men âmene bi'l-kaderi, emine mine'l-kederi"*** Kadere iman eden kederden emin olur. Derya gibi kâbiliyyetli ol. Çöp de atsan itiraz etmez, taş da… ***Köpeğin ağzının değmesiyle deniz pislenmez...*** Hazreti Mevlânâ.

Sende mahfîdir murâdın senden eyler cüst ü cû
El atıp etrâfa çırpınmak nedir a'mâ gibi

Senin içinde gizli her şey. Sen bir hazinesin. Kendini tanımayıp böyle a'mâ gibi sağa sola çırpınıp kimden ne bekliyorsun? Sen küçük kâinatsın...

Olmasın ammâ derûnunda hevâ-yı mâl ü câh
Fennîyâ bir işle uğraş tâlib-i dünya gibi

Gönlünde dünyaya ait makam ve servet hırsı bulunmasın ama öyle bir işle uğraş ki dışarıdan bakan "Dünyaya çok düşkün ya bu adam." desinler... Zararı yok.

Yüz sürenler hâk-i dergâh-ı Cenâb-ı Ahmed'e
Zîver-i ser-nâme-i 'irfân olur tuğrâ gibi

Hazreti Peygamber'in "aleyhisselam" kapısına yüz sürenler, Padişahın yazdığı mektubun başına konulan tuğra gibi süslü herkesin gözünü kamaştıran bir süs olur vesselam...)
Vehbiyâ rif'at bulanlar zîver-i irfân ile/Atlas-ı çarha değişmez hırkâ-i peşmînesin -Sünbülzâde Vehbî

Matla'-ı nûr-ı muhabbet kıl ilâhî gönlümü
Serd ü târîk olmasın yâ Rab şeb-i yeldâ gibi

Allah'ım gönlüm çuzun kış geceleri gibi soğuk ve karanlık olmasın. Muhabbet nurunun doğduğu yer gibi olsun gönlüm, aydınlık.

Belâgat *(halin icabına uygun söz söyleme kabiliyeti)* karşısında ceket iliklemek kaçınılmazdır.

Klasik kültürümüze karşı günümüz aydını tenkit gücüne sahip değil, takdir etmesine ihtiyaç yok. Öyle ya. Güneşin övülmeye ne ihtiyacı var? Taklit etmesi de isabetsiz, çünkü sakil durur. Tek doğru tavrı olabilir aydınımızın; anlamaya çalışmak. Bu ise aydın namusunun asgari gereği değil midir?

Âdemsin sen

Kadıköy müftîsi olup 1967'de vefat eden ve Abdülhakîm Arvâsî hazretlerinin oğlu olan Ahmed Mekkî Üçışık dermiş ki; "İlmî çalışmalarda yorulduğumuzda, dinlenmek için aramızda beyit teâti ederdik." Şöyle olurmuş; birisi bir beyit okur, dinleyen o beytin son kelimesi ile başka bir beyti başlatır; bu şekilde yarım saat, bir saat falan dinlenirlermiş. Sonra biraz yorulup son harfi üzerinden yürütürlermiş işi. Onların dinlenmek için yaptıkları, günümüzün en yüksek entelektüel faaliyetinin üzerinde duruyor. Ezber zihnin cilasıdır derlermiş. Alışık olmadığımız ciddî bir tavsiye.

Yedi yaşında birçok hafız vardı. Pedagoglar ne der bilmiyorum; altıyüz sayfalık metin ezberleniyor yedi yaşında. Bilemediniz onbeş yaşında hafız oluyor insanlar. İnsan zihni bildiğimiz gibi değil yani.

İmâm-ı Rabbânî hazretleri Mektubat'ının 22. mektubunda: *"Sen evliya olmak için yaratıldın; geride kalmak zarardır."* diyor. Alt yapı hazır yani. Şunu diyor; *"Camı ayna yapmak için arkasına çamur sıvarlar. O zenâatı bilmeyenler 'Yazık oldu cama. Mahvoldu parlak cam.' derler. Hâlbuki çamuru sıvamak, camın ayna olup kıymet kazanması içindir."* Yani parlak olan, saf olan, güzel olan, temiz olan, mukaddes olan ruha, beden gibi kirli bir çamuru sıvamanın ruh ile bedeni bir araya getirip de insan diye bir şeyi ortaya koymanın sebebi o camdan ayna yapmaktır. Ruhu bedene koyduğunda Cenabı Hak, ruh tiksinmiş ve bedende durmak istememiş.

Ruhu nefse âşık etmiş ve yerleştirmiş Allah. Oldu insan. Sonra hatırlatmış. Bak sen şuradan geldin. Bunun bir sebebi var. Bunu hatırlarsa başını kaldırırsa evliya olur. Hatırlamazsa eşkıyâ olur.

Ne Eylemişler?

"Ekmel-i Şuarâ-yı Rûm" diye isim yapmış, Türk edebiyatının, klâsik edebiyatımızın şüphesiz en büyük ustalarından olan Urfalı Yusuf Nâbî'nin şiirleri üzerinde durmaya biraz daha devam edelim.

Bahârın zîr-i bâr-ı minnet-i nev-rûzı olmakdan
Harâret-dîde-i eyyâm-ı bâhûr olmamız yeğdir

Nâbî merhum böyle dedi.

Bu da Türkçe mi şimdi yani? Bana öyle sordular bir canlı televizyon programında. Sultan Fatih merhumun bir gazelini okumuştum. Şöyle cevap verdim. Sultan Fatih merhum İstanbul'u fethetti ve bu divanı bıraktı. İstanbul ne kadar seninse bu divan da o kadar senin veya bu divan ne kadar seninse İstanbul o kadar senindir.

Türkçe nedir?

Anadolu'dan çıktı amca hacca gitti. Dönüşünde sordular ne gördün diye. Bakın cevaba:

"Bu Arapların işine aklım ermedi; ezanı Türkçe okuyorlar, namazı Türkçe kılıyorlar; Kur'ân'ı bile Türkçe okuyorlar; gel gör ki kendi aralarında konuşurlarken karıştırıyorlar, anlayamadım."

Türkçeyi bundan daha iyi anlatan ve anlayan biriyle henüz tanışmadım. Biri dedi "Selamün aleyküm!", öbürü dedi "Ve aleyküm selam!"; gül gibi anlaştılar. Bu Türkçe değil mi yani? Bin senedir kullandığımız kelimedir. Hem de çok güzel bir Türkçe. Biraz insaf... Adım "Hayati" Arabi hayat kökünden geliyor diye kullanmayayım mı? Yaşamsal desek çok komik olur. Biri bana "yaşamsal" dese çok bozulurum açıkçası.

Şöyle diyor Nâbî;

Bize bir nimet gelecek ferahlayacağız, oh diyeceğiz de minnet altında kalacaksak boşver sen. Temmuz sıcağının altında pişmeye razıyım diyor. Minnet olacaksa olmasın; o da eksik kalsın.

Şeyh Gâlib merhum bu meyanda şöyle söyler;

Devirde sâkıyân-ı zehr-i minnet ber-murâd olsun
Bizi kat'-ı recâ bahşıyla memnûn eylemişlerdir

Bir iyilik yapınca zamâne insanı hemen arkasından başa kakıyor ya; onların bu tavrı için doğrusu minnettarım. Zira o sayede insanlardan bir şey beklemekten kurtulduk da yalnız Allah'a tevekkül şuuruna erdik. Kötü kişiden bana bir hayır gelmesin diye dua ederdi Hazreti Peygamber; olur ki kalbim meyleder. Neme lazım, boş ver.

Şeyh Gâlib'in 'eylemişlerdir' redifli iki gazeline, Keçecizâde İzzet Molla'nın nazîresini büyük bir zevkle okumuş ve anlamaya çalışmıştım. Anladıklarımı sizlerle paylaşmayı isterim. Buyurun:

O âkıller ki râhın semt-i takdîr eylemişlerdir
Çıkar yol ancak oldur hüsn-i tedbîr eylemişlerdir

Şerâr-ı âhı dâne eşk-i çeşmi âb kılmışlar
O sayyâdân ki murg-i kâmı nahcîr eylemişlerdir

Me'âl-i aşk çıkmaz sözlerinden Kays u Ferhâd'ın
O bahsi her biri bir başka takrîr eylemişlerdir

Kimin başında sevdâ varsa bir bir toplayıp uşşâk
Gelince tâ ser-i Mecnûn'a zencîr eylemişlerdir

Yıkıldı hâtırım şâd eyledim hussâdı hamd olsun
Anın nakzıyla çok vîrâne ta'mîr eylemişlerdir

Rakîb olsun sevindi sâyesinde baht-ı bî-dâdın
Felekden çekdiğim cevr ile tebşîr eylemişlerdir

Bilinse aşk-ı mutlak kimse olmaz İzzetâ âşık
Koyup nâmın muhabbet hüsn-i ta'bîr eylemişlerdir

Olanlar genc-i lâ-yefnâya mâlik künc-i râhatde
Koyup dünyayı azm-i der-geh-i Pîr eylemişlerdir

***

O âkıller ki râhın semt-i takdîr eylemişlerdir
Çıkar yol ancak oldur hüsn-i tedbîr eylemişlerdir

O akıllı kimseler ki, takdîre yönelmişler yani teslim olmuşlar; tek çıkar yol zaten odur, mâşâallah güzel bir yol tutmuşlar. Öyle ya ***"Men âmene bil-kaderi emine min-el kederi"*** (Kadere îmân eden kederden emîn olur).

Şerâr-ı âhı dâne eşk-i çeşmi âb kılmışlar
O sayyâdân ki murg-i kâmı nahcîr eylemişlerdir

Kafes avı şöyle yapılır: Yere koyduğunuz bir kafesin içine bir avuç arpa tanesi ile biraz su koyarsınız. Yem veya su için kafese giren kuş, kapağın kapanması ile avlanmış olur. (Tecrübeli avcılar kafes avını tasvip etmezler, çünkü mertliğe aykırı bulurlar.)

İşte şairimiz diyor ki; saadet kuşunu avlayabilmek için dâne ve su yerine; "Ah!" kıvılcımlarını ve gözyaşını koyacaksın. Fuzûlî'nin beytini hatıra getiriyor:

Fuzûlî dehrden kâm almak olmaz olmadan giryân
Sadef su almayınca ebr-i nîsândan güher vermez

Ağlamadan maksada kavuşulamaz dünyada. Sadef de nisan yağmuru almadan inci vermiyor malûm.

Devam edelim İzzet Molla'nın gazeline:

Me'âl-i aşk çıkmaz sözlerinden Kays u Ferhâd'ın
O bahsi her biri bir başka takrîr eylemişlerdir

Aşkın gerçek manasını Ferhad'ın da Mecnûn'un da sözlerinden anlamak mümkün değil. Farklı farklı anlatmışlardır zaten.

Kimin başında sevdâ varsa bir bir toplayıp uşşâk
Gelince tâ ser-i Mecnûn'a zencîr eylemişlerdir

Herkesin sevda namına çektiklerini toplamış da âşıklar, vakti gelince Mecnûn'un başına zincir etmişler. Bütün âşıklara model olmuş böylelikle Mecnûn.

Yıkıldı hâtırım şâd eyledim hussâdı hamd olsun
Anın nakzıyla çok vîrâne ta'mîr eylemişlerdir

Benim gönlüm yıkıldı ama bu sayede hasetçilerim sevindi, elhamdülillah!

Rakîb olsun sevindi sâyesinde baht-ı bî-dâdın
Felekden çekdiğim cevr ile tebşîr eylemişlerdir

Beni hep üzen bahtım hiç değilse rakîbi sevindirdi; öyle ki çektiğim ızdırâbı birbirlerine müjdeliyorlar. Ben üzüldüm ama sevinen var…

Bilinse aşk-ı mutlak kimse olmaz İzzetâ âşık
Koyup nâmın muhabbet hüsn-i ta'bîr eylemişlerdir

Mutlak aşkın ne olduğu bilinse ortada âşık falan kalmaz da; insanlar küçük duygu ve eğilimlerine muhabbet adını vermişler. Aslında muhabbet ile alakası bile yok. "Nefsin arzusuna aşk adını vermek, altın taç giydirilmiş kel kör bir başa benzer". Fakat insanlar böyle adlandırmışlar, ne yapalım hüsn-ü aşk tabir etmişler.

Olanlar genc-i lâ-yefnâya mâlik künc-i râhatde
Koyup dünyayı azm-i dergeh-i Pîr eylemişlerdir

Gerçek hazineye sahip olanları (gerçek âşıkları) söyleyeyim; onlar dünyaya kıymet vermeyip, Allah dostunun kapısına yönelenlerdir.

Bu konuya Nâbî merhum'un yeğdir redifli beyit'inden gelmiştik. Bakın bu meyanda Büyük usta Bâkî nasıl söylemiş;

Cihânın ni'metinden kendi âb-u dânemiz yeğdir
Elin kâşânesinden gûşe-i vîrânemiz yeğdir

Gınâ sadrında şol mağrûr nâ âsude serverden
Fenâ bezminde hâb âlûd olan mestânemiz yeğdir

Gösterişli saltanat sofraları yerine kendi kuru ekmek ve suyumuzdan müteşekkil soframızı tercih ederim. En azından minnet yok, o gösterişli sarayları evleri bir tarafa bırak bizim kulübede öyle bir rahatım var, bildiğiniz gibi değil. Bu saltanatta oturan ve fakat içi dışı gibi olmayanlara nispetle bizim o kulübedeki yarı baygın sarhoşun süzgün bakışı çok üstündür diyor.

Aynı meyanda Mezâkî merhum da şöyle söylemiş;

Yeter bu handeler ey dîde -giryân olmamız yeğdir
Bu cem'iyyet nedir hâtır-perîşân olmamız yeğdir

Sürâhi-veş bile gerden-firâz-ı nahvet olmakdan
Yine cür'a gibi hâk ile yeksân olmamız yeğdir

Kendi gözlerine hitaben diyor ki; Ey gözlerim, yeter bu kadar güldüğün o gözler sadece gülmek için değil, onun başka bir görevi daha var. Ağlamak! *Hüzün ki en ziyâde yakışandır bize...* Bu kadar derli toplu durma, (öyle ol ama öyle gözükme) Ne diyordu Yahyâ Bey o muhteşem beytinde;

Derûnî âşinâ ol taşradan bîgâne sansınlar
Bu bir zîbâ revişdir âkıl ol dîvâne sansınlar

Kalp gözüyle görenlerden ol, dışarıdan cahil sansınlar seni. Husûsî ve güzel bir gidiştir şu ki; sen akıllı ol da seni deli sansınlar. Deli olmadan veli olunmazmış.

Eski sürahileri hatırlarsınız. Ağız kısmı öne doğru eğik olur ve göğsü kabarık gibi durur. İşte şairimizin hayal dünyası, sürahi gibi öyle mağrur, kibirli, başı yukarda olma diyor. O sürahinin içinde kalan ve yere atılan bir damla su gibi ol yani başın göğe değil, yere eğilsin, mütevazı ol diyor. *"Mütevâzi olanı Rahmet-i Rahman büyütür"*

Şair Bâki diyor ki; "Aşkın sırrını kime söyletirsen, söylet, sırrı vahdettir." Adam bir çiçeğe, bir böceğe âşık olduğundan bahsedebilir ama aşk dediğin aslında sırr-ı vahdettir.

Aşkın irşadıyla girdik manevî bir gülşene
Dolmasın bîhûde sâgar açmasın bîhûde gül
Câm-ı cem bir lâhza devretmez bu zevk-abâdda
"Hem kadeh hem bâde hem bir şûh sâkîdir gönül"

Son mısra Nef'î'nin, üstündeki ilk üç mısra da Yahya Kemal Beyatlı'nın. Buna tazmin diyorlar.

Bizi aşk irşad etti, bir yola soktu bu manevi gül bahçesine girdik, burada çay doldurmaya gerek yok, gülün de açmasına gerek yok, Cem'in kadehi bir an dolmaz burada, yeri yok çünkü. Hem kadeh hem de kadehin içine konulan ve hem de onu dağıtan bizim gönlümüzdür diyor vesselam.

Şeyhülislam Yahya şöyle söylemiş:

"Def-i gamda olmazız muhtaç, câm'a Cem gibi
Âşıkız bir âşıka eğlence olmaz gam gibi"

Gamını dağıtmak için üzümü sıkıp da bir şey üretmeyi akıl etmiş Cem, sonra da bunu içip içip kafayı bulmuş. Bu onun problemi, bizim böyle bir şeye ihtiyacımız yok. Biz aşığız, bizim eğlencemiz gamdır. Gam gitsin diye tedbir almayız.

Bî sûziş-i aşk istemeziz tûl-ı hayatı
Mânend-i şerer tâ ölünce gideriz biz

Şeyh Gâlib böyle demiş; "Yanışı olmayan uzun bir ömür değil, içinde yanış olan kısa bir hayata razıyız." Hayat dediğin aşkla kâim. Aşk yoksa hayat yok.

Öyle bir medeniyet inşa ettiler, bizlere öyle miras bıraktılar ki, bütün endişem, bütün telaşım gittiğim zaman bakacak yüzüm olsun; sen ne yaptın bakalım dedikleri zaman...

Hani Bekri Mustafa imam olmuş. Fakat Bekri Mustafa ayyaş. Hiç ayık gezmiyor. Bir gün cenaze namazında imam ve müezzinde bir boşluk var. Bakmışlar Bekri Mustafa da orada. Cübbe var, sarık var. Her şey tam tekmil, bir şey zannetmişler. Cenaze namazını kıldırır mısın? demişler. Bozuntuya vermemiş bizimki. Kıldırmış namazı. Namazdan sonra tabutun yanına varmış. Merhumun kulağına bir şeyler söylüyor. Cemaat, "Ya, sen ne söylüyorsun?" demişler.

Bekri Mustafa da demiş ki: "Sen gittiğin zaman ahirete, sana sorarlar: Dünya ne âlemde, yeni geldin, anlat, derler. Lafı uzatma de ki; Bekri Mustafa imam oldu, onlar anlar!" demiş.

Liyakat bahse konu değil. Benim anlattığım da bilgi falan değil. Ben bir aşk hikâyesi anlatıyorum. Ben tutuldum ve aşkımı anlatıyorum. İzzet Molla'nın anlattığı gibi;

Aceb bu âteş-i firkatle kimler yane gönlümden
Demem kim yakma zîrâ korkarım dîvâne gönlümden

Ben diyor İzzet Molla, mum gibi ortaya çıktım yanıyorum. Mum dediğin yanar, tutulan pervaneler de yanıp mumun dibine düşer. Nasıl yanar karışamam, bilmem. Müdahale de edemem. Gönlüme de yakma diyemem. Aşkımdan korkarım, gönül bu. Beni yaktılar, yanıyorum. Yanasınız varsa buyurun gelin.

Yedi beyitlidir bu gazel. Son beytini de aktaralım;

Kilâb-ı der-geh'i Monlâ'ya ben mensûb olur muydum
Tevessül etmeseydim himmet-i merdâne gönlümden

Mertçe, gönülden gelip teslim oldum da Hazreti Mevlânâ dergâhındaki köpeklere intisap ettim. Oraya intisap edenlerden olmaktan bahsedemem, beni aşar. Ama o kapının köpeklerine intisabım var. Bunu da delikanlı gibi teslim olmakla yaptım, haberiniz olsun.

İzzet Molla kırk üç yaşında. 1829'da vefat etti. Şeyh Gâlib'e çok benzer. Yakışıklı bir adam. Yakışıklı dediysem, 130 kilo yani böyle çok şişman bir adam. Allah rahmet etsin. Yanında da kendisi gibi yarım dünya Enderunlu Vasıf var, o da şair. İki koca adam. Ahbap bunlar. Sultanın huzuruna ara-sıra çıkarlarmış. Sultanım derlermiş, halimizi görüyorsunuz. Verilen iaşe yetmiyor. Bunlar deveyi bülbül tasıyla doyurmaya çalışıyorlar!

Bir başka arkadaşı var, hattat. Sultan bunlara takılmış. İkinizi çok sık görüyorum, demiş. Ne iş, bir şeyler mi çeviriyorsunuz? diye takılıyor Sultan. Verdiği cevap. Diyor ki: İzzet Molla. Sultanım, bu kardeşimiz biliyorsunuz yazar. Hattat ya, işi bu. Bendeniz de biraz okurum diyor. İkimiz bir okur-yazar ediyoruz da. O bakımdan.

Vâsıf...

Tabiî bir de Enderunlu Vâsıf var efendim. Bunların hepsi mektep adamlar...

Şükûfezâr-ı izârın gülün nazîresidir
Bahâra karşı hezârın o bir mesîresidir
Sorulsa Vâsıf-ı zâre lebânı mestânın
Çilek şekerlemesi yâsemin hamîresidir

Enderûn'lu Vâsıf'ın fevkalâde coşkuyla kaleme aldığı dört mısrada iştiyâkı, şevki, arzûyu ve güzeli tavsîfi pek yoğun bir şekilde görmekteyiz. Klâsik Edebiyâtımız güzeli vasfeder. Şairin adıyla mütenâsip. Şairimiz de Vâsıf'dır. Vasf eden demek ya da iyi vasıflı demek. Her iki manayı da taşıyan ismine uygun bir şairimizdir Enderûnlu Vâsıf; son dönem Osmanlı şairleri arasında çok özel bir yere sâhip. Yakın dostu Keçecizâde İzzet Molla da öyle. Okuduğumuz dört mısra'a girmeden, manası hakkında konuşmaya başlamadan önce Vâsıf'ı vasfeden çok nefis bir gazeline birkaç mısra ile temâs edecek olursak, belki daha çok işitilmiş mısralarında şöyle söyler üstâd:

Çözülme zülfüne ey dilrübâ dil bağlayanlardan
Sakınma âteş-i aşkınla bağrın dağlayanlardan
Düşer mi ictinâb etmek seninçün ağlayanlardan
Sirişk-i çeşmimin bak farkı var mı çağlayanlardan

Senin bir reng-i zîban var ki gül-berg-i izârında
Bulunmaz gülsitân-ı âlemin bâğ-ı bahârında
Otur ihrâma ârâm et biraz havzın kenârında
Sirişk-i çeşmimin bak farkı var mı çağlayanlardan

Gelip vakt-i bahâr âlem safâ-yı gülşen ettikte
Sadâ-yı bülbülü gûş-i gül-i ra'nâ işittikte
Uyup ahbâba sende seyr-i Sâdâbâda gittikte
Sirişk-i çeşmimin bak farkı var mı çağlayanlardan

Hevâ-yı perçeminle başka bir hâlet olur serde
Yeni baştan misâl-i Vâsıf uğrattın beni derde
Gamınla gerçi çoktan ağlarım ammâ bu günlerde
Sirişk-i çeşmimin bak farkı var mı çağlayanlardan

Efendim, bol kâfiyesiyle dikati çeken (ağlayanlardan, çağlayanlardan, dağlayanlardan) çok iddialı şi'rinde şairimiz göstermiş husûsiyetini ama dönelim, okuduğumuz dört mısrada neden bahsediyor. Diyor ki;

"Şükûfezâr-ı izârın gülün nazîresidir". Ey sevgili, senin yanağın sanki bir gül bahçesidir, güle nazîre yapmakta gibidir, nispet yapar gibidir, gülü güzellikte kıskandıracak bir mâhiyet arz etmektedir, öylesine güzeldir. Tabîi klâsik şi'rimizde bu güzellik subjektiftir, bakışa bağlıdır. Âşığın gözünden kaynaklanmaktadır. Büyük şair Nâilî merhum şöyle ifadeye koymuş meseleyi, ve demiş ki;

Güncâyişimiz dîde-i Mecnûnadır ancak
Nîreng-i cemâliz ruh-i Leylâda nihânız

Evet, biz alelâde sayılabilecek özelliklerde olan Leylâ'ya, bir ömür vakfedecek kadar âşık olduğu için kınadığımız Mecnûn'un, gözlerine, yani O'nu güzel gören gözlerine özeniyoruz, imreniyoruz ama o gözlerin yanakta gördüğü güzellik de bizâtihi biziz. Yani seven de sevilen de biziz. Hani Âşık Veysel'in de dediği gibidir;

"Güzelliğin on par'etmez bu bendeki aşk olmasa" Yani "ben gördüğüm için güzel, ben baktığım için güzel" der gibi, hayli iddialı bir çıkış.

"Şükûfezâr-ı izârın gülün nazîresidir". Ey sevgili; yanağındaki allıklar, o göz alıcı renk sanki gülle yarışmakta gibidir, onu kıskandırıcı bir niteliktedir.

"Bahâra karşı hezârın o bir mesîresidir". Zavallı bülbül için de dinlenme mekânıdır sanki, mesîredir, eğlence yeridir, piknik alanıdır moda deyişle. Tabîi bülbül kendisidir. Gözünün orada olduğunu, rûhunun ancak orada sükûnet bulduğunu, arzûsunun en insafsız bir şekilde oraya müteveccîh olduğunu kibarca ifade ediyor,

"Sorulsa Vâsıf-ı zâre lebânı mestânın" diye devâm ediyor. Yani; ağlayan, inleyen Vâsıf'a eğer sarhoşların dudakları sorulacak olursa nedir diye,

"Çilek şekerlemesi yâsemin hamîresidir". Çok beğenilen o çilek şekerlemesi var ya; işte o lezzettedir ve yâseminden oluşmuş, sarhoş edici bir mayalanmış lezzet gibidir. Yani târif de bu kadar olur. Güzelliğin târifi tam da Vâsıf'a uygun bir şekilde bu dört mısrada kendisini bulmuş.

Mevlânâ Hâlid-i Bağdâdî ve İzzet Molla

Mevlânâ Hâlid-i Bağdadi hazretleri, ma'nevî emaneti alıp, Diyar-ı Rum'u aydınlatmaya başladığında acayip bir şey oldu, özellikle İstanbul'da. Mevlevî ekolünde bulunan bazıları, çok samimi olmayan bazıları, ez-cümle Halet Efendi, eyvah dedi, hapı yuttuk. Halid-i Bağdâdi o kadar seviliyor ki, Nakşibendî. bizim kredimiz sarsılacak, bizim itibarımız sarsılacak filan diyerek kötü şeyler söylemeye başladı Mevlânâ Hâlid-i Bağdâdi hazretleri hakkında. Bizzat İzzet Molla'nın arkadaşıdır. İkisi de aynı okuldan. Biri pozitif, biri negatif davranıyor. Hatta zındık dedi iyi mi! Allah göstermesin, böyle laf etti. Bazen insanlar şaşırıyor işte.

Ama İkinci Mahmud Han akıllı adam. Adlî. Adaletin asgari şartı: İki tarafı dinlemektir. Tanıdı Halid-i Bağdadi'yi...

Bu zındıksa ya kimdir Sıddîk dedi. Suyu ısındı tabi Halet Efendi'nin sonra da çok ağır bir ceza ile dünyadan ayrıldı. Allah rahmet eylesin. Onun işini pirine havale ettik, dedi Mevlânâ Halid-i Bağdadi. Piri de Mevlânâ Celâleddîn-i Rûmî. O sözün ne olduğu seneler sonra açığa çıktı. Sürgünle geldiği Konya'da, Pirinin huzurunda başı kesilerek idam edildi. Çünkü Mora isyanına yardım ettiği ortaya çıktı.

Ama yine de diyoruz ki, Allah rahmet eylesin. İşte o günlerde İzzet Molla bakıyor bazı arkadaşlar yanlış işler yapıyorlar. Bir büyüğü inkâr ediyorlar. Olacak iş mi? Uzun bir gazel yazdı. İzzet Molla divanında bu gazel, bendenizi çok etkilemiştir. İlk kıtayı arz edeyim. Bakın ne diyor Mevlevî İzzet Molla, Nakşî Halid-i Bağdadî için.

Bir takım îmân-fürûşan bir alay dellâl-i dîn
Satmada sûk-ı riyâda kâle-i a'mâl-i dîn
Anların destinde kalmış muztaribken hâl-i dîn
Bir mükemmel zât şimdi eyledi ikmâl-i dîn
Şeyh Hâliddir gül-i ruhsâr-ı millet hâl-i dîn
Âsitânı huld-ı cennet F'edhulûhâ hâlidîn

Bazıları yanlış işler tutuyor. Yanlış anlatıyorlar. Müslümanlar da bunlardan ızdırap çekiyor. Ama şimdi bir mükemmel zat şimdi, adı Halit'tir. Cennet bahçesi gibi de bir yeri var bunun. Etrafında pervane gibi dönen sadık âşıkları var. Ve Kuran-ı Kerim'de sonsuza dek cennette ağırlanacaklardır diye müjdelenen bunlardır, aman dikkat edin. Başınızı belaya sokmayın. Ben orada değilim ama vaziyet bu.

Allah dostuna yapılan hürmet, bizzat Allah'a yapılan hürmettir. Yapan karşılığını bulur.

Nâbî

Nâbî merhumun şiirleri üzerinde biraz daha durmakta faydalar var.

Eyler şikest bâl ü perin gayret-i Hüdâ
Nâbî cenâh-ı gayr ile pervâz edenlerin

Değerli okuyucular, günümüzde kullanmakta olduğumuz Türkçe yâhut kullandığımızı iddiâ ettiğimiz Türkçe hayli zayıflamış bulunuyor. Bundan kırk-elli yıl öncesine kadar, yani takrîben 1945-1950 yıllarına kadar Türkiye'de hakîkaten çok ihtişamlı bir Türkçe vardı. Bugünlerde ise giderek düşmekte ve artık meselenin dertlisi de kalmamaktadır. Hâlbuki lisân varlığın evidir, lisânın, kelîmenin kıymetini bilmeden ne fert olarak ne toplum olarak ayakta kalmak, kalıcı olmak mümkün değil. O yüzden okuduğum beyti anlamakta herkesin, hemen hemen herkesin, zorlanmasını anlayışla karşılarım. Ama îzâhını yapmak da görevimizdir;

"Bâl ü per" kanat demektir efendim, kuşun kanadı meselâ. "Eyler şikest" yani "kırar", "şikest etmek" kırmak demek. "Kolunu kanadını kırar diyor gayret-i Hüdâ", "Allah'ın gayretine dokunduğu zaman, kolunu kanadını kırar". Kimin peki? "Nâbî!", güyâ nasîhati kendine yöneltiyormuş gibi, Divan Edebiyâtı'nın pek zarif bir yönü de budur. En sert nasîhatlar, özüne hitâb eder tarzda söylenir. Kendini hedef alarak söylenir, bir başkasını azarlamak yâhut bir başkasını hizâya getirmek değildir maksat. "Nâbî cenâh-ı gayr ile pervâz edenlerin", yani "Başkaları ile uçmaya kalkışanların, Allah'ın râzı olmadığı, beğenmediği, sevmediği kişilerle berâber olanların, Allah'tan gayrısından medet umanların kolunu kanadını kırar Cenâb-ı Hakkın gayreti" diyor. İnsanı, sâhibine hakiki manada teslim olmaya, insan olmanın manasına uygun yaşamaya dâvet eden, son derece şairâne, kuvvetli, hakîmâne, lezzetli bir ifade tarzı var Nâbî merhumun.

Kezâ yine Nâbî'den bir örnek:

Sîneden elsineye sıçramayan mânî-i sâf
Benzer ol nakde kim bîsûd yatar mahzende

Kalbde hâsıl olan, göğüslerde hâsıl olan saf manalar, hikmetli manalar eğer lisâna sıçramadıysa yani söze dökülüp başka insanlara ulaştırılmadıysa, hikmet deverân etmediyse, tedâvül etmediyse diyor, şu paraya benzer ki mahzende kendi başına yatar, ekonomiye dâhil olmamıştır.

Üzerinde yaşadığımız ve maalesef çok az farkında olduğumuz hatta neredeyse hiç farkında olamadığımız kültür hazînesinin sanki bir başka ifade biçimi. Şöyle tasavvur olunsun: Büyük bir çayırda inekler, koyunlar otluyorlar, altlarında öyle bir hazîne var ki, öyle kıymetli ki dünyaları verseniz değişilmez, dünyalara değer, fakat inekler de koyunlar da bundan habersiz. İşte sanki bulunduğumuz hâl budur.

Peki burada kıymetli manaları ifadeye koymayan, konuşmayan, susan yâhut anlatmayanlar mı tenkîde alınmaktadır? Hayır efendim. Burada lâyık-ı veçhile dinlemeyen, kulaklarını dört açmayan, gözünü kulağını açmayan kimseler ya da toplum kusurları da görülmekte ve onlara yönelmektedir bu tenkîd. Çünkü dinleyen söyleyenden ârif gerek. Meşhur bir hikmet, meşhur bir nirengi noktamızdır bizim. Öyle ya efendim, söyleyen bildiğini tekrâr eder, dinleyen istifade eder.

Kîseden kîseye hapseyleyerek halk zeri
Çok peşîmanlığı var çıkdığına mâdenden

Burada da define, maden, yeraltındaki zenginliklere benzetilen bir ifade tarzı var. "İnsanlar diyor altını, şu kıymetli, herkesin peşinde olduğu sarı nesneyi keseden keseye hapsettiği için, başkalarına göstermediği, koklatmadığı için, cimrilik yaptıkları için yani açıkçası, yastık altında yâhut koynunda saklayıp fakir fukarâyı gözetmedikleri için altına hak etmediği kıymeti verdikleri için, zavallı altın mâdenden çıktığına pişman". Çünkü bu kıymetlerin, dünya varlığının varlık sebebi, kişiye emânet edilme sebebi odur ki, ihtiyaç sahipleri görülmüş, gözetilmiş, hatırlanmış olsun. Öyle değil midir efendim? Bütün bu ifadeleri, bütün bu hikmetleri en başında işâretleyen büyük söz, hadîs-i şerîf "Komşusu aç iken, tok yatan bizden değildir"

Urfalı Yusuf Nâbî, kısa adıyla Nâbî, klâsik edebiyatımızın en büyük şairlerinden diyerek söze başlamış ve birkaç örnek sunmuştuk kendisinden. "Ekmel-i Şuâra-yı Rûm" denildi kendisine. Mâlum "şuarâ" şairler demektir, "Şuarâ-yı Rûm" Rum diyârının şairleri. Rum diyârı Anadolu'nun da içinde bulunduğu vatanımızdır. Bu geniş sahaya Rum denilir, yani Rum kelîmesinin manası bugün bildiğimiz gibi değil, Anadolu'yu İstanbul'u da içine alan Trakya'yı içine alan bölgenin adıdır. İşte bu bölgenin şairlerinin ekmeli diyor. Kâmil, "olgun" demek mâlum, ekmel "en olgun". Hakîkaten bu sıfatına lâyık, bu sıfatı bihakkın elde etmiş ve kendisinden sonra, çok büyük şairler tarafından taklîd edilmiş, kendisinden ilhâm alınmış, nazîreler yazılmış, peşi sıra gidilmiş, çok güzel söz söyleyenler için "Nâbî gibi söylüyor" dedirtmiş bir büyük ustadır vesselam. Yetmiş iki yıllık ömründe hakîkaten erişilemez mîras bırakmıştır. Altı Osmanlı Sultanı görmüştür kendisi. Osmanlı Tarihi'nin Duraklama Devri diyeceğimiz Sultan Dördüncü Mehmed, Üçüncü Ahmed ve İkinci Mustafa Han dönemlerini idrâk etmiştir. O dönemde Devlet-i Osmânî her bakımdan bayrağı yukarıda bir vaziyette değildi bilindigi gibi. Artık yıkılış süreci başlamıştı. Kânûnî Sultan Süleymân'dan sonra zaten Osmanlı Devleti'nin artık inkişâfından değil duraklamasından, bir süre sonra da gerilemesinden, sonra târih sahnesinden çekilmesinden söz edilir. 1712 yılında vefât etmiştir. Bir edebiyât sohbetinde, böyle rakam bilgileri, tarih bilgileri verilmesi çok hoşa gitmeyebilir sevgili okuyucular ama bir sebebi var, bütün bunları söylememde bir sebep var. Nâbî merhumun hayatı boyunca gördüğü iltifâta bir işâret daha yapalım. Sabit isimli bir muazzam divan şairimiz var ki şahsıma âit husûsî bir bilgi olarak arz edeyim, yüzlerce binlerce beyitle ilgilendim, ilgileniyorum. Bu benim tutkumdur, sevdamdır. Bu beyitler içinde biri var ki yazıp evime de asmış bulunuyorum, bir hattat ebrûzen sanatçı arkadaşımızın himmetiyle, eliyle yazdı, ebrûsunu yaptı, çerçeveledi gönderdi, salonuma astım.

Sabit'e âittir o beyit. Mana cihetiyle çok kuvvetli bir beyit. Rahmetli Prof. Dr. Ayhan Songar defâlarca ondan bahseder hatta beytin yarısından bahsederdi. Birkaç makalesinde tesadüf ettiğimi hatırlıyorum geçmiş yıllarda.

Sunar bir câm-ı memlû bin tehî peymâneden sonra
Felek ehl-i dili dilşâd eder ammâ neden sonra

Şöyle diyor yani: "Felek bin boş bardaktan sonra sana bir de dolusunu sunar ve senin arzuna uygun da döner ammâ neden sonra?". Sabır gerekiyor, sabır tavsîye eden, sabrı işâretleyen muhteşem bir beyit. Hakîkaten "berceste" Sabit'e âit. Kezâ Sabit nükteli ifadelerde de çok başarılıdır, çok kuvvetli bir divân şairidir. Dedikoducu rakip, fitne çıkarıcı, söz taşıyan, herkese fenâlıklar yapan ve adına divân şiirinde "rakîb" denilen kimseyi konu alarak meselâ diyor ki:

Meydâna geldi nâş-ı rakîb-i nemîmesâz
Kıldım huzûr-ı kalb ile ömürde bir namâz

Nükte hakîkaten çok kuvvetli. Şöyle diyor: "Dedikoducu, fitneci, insanları birbirine katan üstelik sevgilime uzanma noktasında bana rakîb de olan kötülerin kötüsü var ya, çok şükür vefât etti, nâşı ortaya geldi. Allah'a şükür cenazesinde bulundum dai böylelikle ömrümde huzûr içinde bir namaz kıldım". Verdiğim bu iki misâl Sabit'in ne kadar kudretli bir şair olduğu meyânındadır. Ona üçüncü bir delîl olarak da şunu arz etmek isterim; divân şiirinin son büyük ustası 1799 yılında vefât etmiş olan Şeyh Gâlib de bir şiirinin son beytinde:

Darphâne-i durûbdan Es'âd çıkan cinâs
Zîr-i zemîn-i vâdi-i Sabit'de saklıdır

Diyor. Yani bu söz darphânesi gibi olan kalemimden, ağzımdan, gönlümden çıkan bu emsalsiz mısralar var ya, Sabit'in vâdisinin altından çıkan küçük hazîne parçalarıdır âdetâ. Yani bir divân şairinin kendisinin en önemli, en büyük, en yukarda, en usta şair olduğunu söylemesi normaldir. Yani bu sahada şiir, söz sahasında hakîkaten çok da fazla tevâzu etmezler, nükte ile karışık da olsa, fakat birinin başkasını övmesi, öne çıkarması, yükseltmesi ve onu takdîr etmesi eğer bu da usta ise son derece dikkâte şâyândır. Sabit ile ilgili üçüncü delîli de arz ettikten sonra şunu demek isterim; Sabit merhum, sözümüzün mevzûu olan Nâbî'yi medih zımnında çok kuvvetli beyitler terennüm etmiştir. Meselâ biri şu:

Kumâş-ı nevzuhûr-i mârifette Sabitâ şimdi
Bulunmazsa Halep damgası İstanbul'da rağbet yok

Şunu diyor: "Nâbî merhum ömrünün aşağı yukarı yirmi beş yılını Halep'te biraz kırgın, biraz küskün vaziyette, sürgüne benzer bir şekilde geçirdi. Halep gerçi çok kuvvetli ve parlak, tarihteki yeri çok önemli olan bir şehir ve kültür merkezi ama Âsitâne-i Şâhâne'den uzak kalmak başka bir şey tabiî. Sultan Üçüncü Ahmed Han zamanına kadar orada kaldı. Üçüncü Ahmed Han tahta geçtiği zaman tekrar İstanbul'a getirdi. Halep'te bulunduğu yıllarda Diyâr-ı Rûm'da yani Anadolu'da, Trakya'da Osmanlı mülkünün neresinde olursa olsun ortaya çıkacak bir şair Halep'te bulunan Nâbî'nin tasdîkını alırsa, onun beğenisine kavuşursa ancak ciddi bir şair olarak muâmele görürdü. Bunu da kendisi çok kuvvetli bir şair olmasına rağmen Sabit ifade ediyor, itirâf ediyor ve târihe not düşüyor.

Kezâ Nâbî merhum Üçüncü Ahmed Han tarafından İstanbul'a getirildiği günlerde, büyük bir sevinçle bunu alkışlamıştır Sabit ve demiştir ki:

Yüklenip tâze kumaş-ı Haleb-i mânâyı
Geldi İstanbul'a şehbender-i mülk-i irfân

İrfan mülkünün şâhı, lideri olan o Urfalı Yusuf Nâbî, Halep'ten mana yüklü taze kumaşlarla geldi, diyor. Yani sevinç izhar ediyor.

Kendisinin vefâtına târih düşüren dört mısraı var. Farsça kaleme almış. Bu arada şunu söylemekte yarar var; Arapça, Farsça, Türkçe dîvanı bir arada yazan, kültürümüz içinde ayrı ayrı divanlar tertîb eden o kadar çok önemli isimler ve sîmâlar var ki, hayret etmemek, eskilerin deyişiyle "engoşt ber dehen-i hayret olmamak?", hayretten parmağı ağzında kalmamak nerdeyse imkânsız.

Farsça dört mısraını aktaracağım. Nâbî merhum kendisinin vefâtına da işâret eden dört mısra terennüm ediyor. Ebced hesâbı diye bir şey var işitmişsinizdir sevgili okuyucular. Hani mısrada geçen her harfin bir rakamsal değeri var, onları bir araya getiriyorsunuz kilit gibi kimsenin müdâhale edemeyeceği bâzı metinlerin böyle şiirle, nazım şeklinde yazılmasının hikmetlerinden biri de budur. Müdâhale etmek fevkalâde zordur. Meselâ Hazreti Mevlânâ Celâleddîn-i Rûmî koskoca Mesnevî-i Şerîf'i nazm ile, şiir olarak kaleme almıştır. Müdâhale de edilememiştir tabiî. Metin sağlam kalmıştır en azından, sekiz asırdan bu yana dünyanın her tarafında okunan Mesnevî-i Şerîf'i bilmeyen yok. Burada da yani bu ebced hesâbı dediğimiz bir hesap usûlüyle, eskilerin, meselâ bizden şöyle otuz kırk yaş daha ilerde olanların çok iyi bildikleri bir usûldür.

Çün rûh-i kemînî Nâbî der lücce-i nur âmed
Ez tengî-i tenvârest der dâr-ı sürûr âmed

Tahkik şinâsân-ı maanî-i şühûd u gayb
Goftend-i pey-i târih Nâbî be huzûr âmed

Farsça tabiî. Mana:

"Nâbî'nin hakîr rûhu (Nâbî kendisinden tevâzû ile bahsediyor) nur denizine dalarak ten darlığından kurtuluverince, yani kuş kafesten çıkınca, ruh bedende iken bir darlık içinde diyor, ten darlığı içinde. Nur denizine gark olunca, dalınca yani vefât edince, âlem-i ervâha gidince, ruhlar âlemine gidince, görünür görünmez şeylerin gerçeğini bilenler, hikmet sâhipleri, ilim sâhipleri târih olarak dediler ki: "Nâbî huzura geldi" Nâbî be huzûr âmed. "Âmed" "geldi" demek, eskiler öyle söyler, "Hoşâmedi" hoş geldiniz filân. "Nâbî be huzûr âmed" "Nâbî huzura geldi" dediler. Sondaki bu dört kelimelik kısım, Nâbî kelimesi altmış üç rakamına, be huzûr bin on altıya, âmet kırk beşe tekâbül ediyor. Topluyorsunuz 1124 yani 1712 yılındaki vefâtına işâret ediyor

...Ve Şeyh Gâlib

Yakın geçmişte (vefatı 1799) yaşayan ve çok kısa ömrüne akıllara sığmaz eserler sığdıran Gâlib, kanaatime göre Türk şiirinin evc-i bâlâsı. Eserdeki intizam müessirin kemâlini pek güzel gösteriyor. Beş-altı asır sanki bir Şeyh Gâlib yetiştirmek üzere edebiyatımız egzersiz yaptı gibi gelir bana. İlmî bir geçerliliği olmamakla birlikte sadece hissiyatımı paylaşıyorum. Nev'i şahsına münhasır, kimseyi taklid etmemiş ama çok taklid edilmiş, ondan çok ilham alınmıştır.

İlk kitabımızda iki beytine değindiğimiz "zuhur eyler" redifli gazeli çok dokunaklı gelir bana. (Bu arada Gâlib merhum divânını 24 yaşında bitirmiştir.)

Eğerçi gûnegûn mihnet erâzilden zuhûr eyler
O cürmün özrü müşkildir ki kâmilden zuhûr eyler

Temâşâ itme dîv âyinesinden sûret-i yârı
Kabûl ü red merâyâ-yı kavâbilden zuhûr eyler

Olur neşterde zâhir ittihâd-ı Leylâ vü Mecnûn
Fürûğ-i şûle-i aşk emr-i müşkilden zuhûr eyler

Vuzû-i aşka hûn lazım demiş ber-dâr iken Mansûr
Bu kurbiyyet ziyâdât-ı nevâfilden zuhûr eyler

Ne bilsin huşk-i mağzân-ı tegallüf zevk-i zencîri
Riyâzât-ı cünûn-i aşk âkıldan zuhûr eyler

Olur mu âşinâ hufrân-ı zühd ummân-ı ma'nâya
Ana her bir hiss anberdir ki sâhilden zuhûr eyler

Sanırlar bî-gamân kim eşk-i hûnîn nazm-ı rengîndir
Bir âteş-pâredir geh dîde geh dilden zuhûr eyler

Girip çarha kuzılar gibi aşk-ı Şems'e kurbân ol
Bahâr-ı ma'rifet Gâlib bu menzilden zuhûr eyler

xxxxx

Eğerçi günegûn mihnet erâzilden zuhûr eyler
O cürmün özrü müşkildir ki kâmilden zuhûr eyler

Gerçi, sıkıntı ve üzüntü rezil kimselerden gelir ama; cürüm bir de kâmilden zahir olursa çok kötü, özür de bulunmaz.

Temâşâ itme dîv âyinesinden sûret-i yârı
Kabûl ü red merâyâ-yı kavâbilden zuhûr eyler

Tam bir muamma!

Kelime kelime bakınca şu demek:

Dev aynasından yârin sûretini seyretme; kabul ve red ebelerin aynalarından zuhur eder. (?!) Cidden müşkil.

Kavâbil ebeler demek olduğu gibi kabiliyetliler de demek oluyor. Yani kemâl sahipleri. Şu demek olur bu durumda; kâinâtı tedkik ile yârin suretini temaşa gayreti (yani kurb-i ilâhî ümidi) boşunadır. Bu aşk işidir ve kabul ve red, ehl-i kemâlin (kâmil mürşit) aynasından zahir olabilir ancak; yani kendi sa'y ü gayretinle bu va'dide mesafe alamazsın; illâ irşada ermelisin.

Olur neşterde zâhir ittihâd-ı Leylâ vü Mecnûn
Fürûğ-i şûle-i aşk emr-i müşkilden zuhûr eyler

Ancak neşter **(kılıç=ölüm)** ile karşı karşıya gelirse aşkın kuvvetini gerçekten anlamak mümkün olur. Aşk ancak ölümle test edilebilir.

Vuzû-i aşka hûn lazım demiş ber-dâr iken Mansûr
Bu kurbiyyet ziyâdât-ı nevâfilden zuhûr eyler

Darağacında iken, Hallac-ı Mansûr "aşk abdesti için kan lazım" demiş. Böylesine bir yakınlık ancak **(tabiî farzların ikmâlinden sonra)** nafilelerin çokluğuyla (hem de çoktan çok) kâbildir.

Ne bilsin huşk-i mağzân-ı tegallüf zevk-i zencîri
Riyâzât-ı cünûn-i aşk âkıldan zuhûr eyler

Boş kafalı olan aşktan behresi olmayanlar hiç bilirler mi zincire vurulmuş olmanın zevkini? Onlara sorarsanız aşkın deliliği zor çekilir bir sıkıntıdır sadece; çünkü onlar akıllıdır ya (!)

Olur mu âşinâ hufrân-ı zühd ummân-ı ma'nâya
Ana her bir hiss anberdir ki sâhilden zuhûr eyler

Ham softanın mana deryasına aşina olması mümkün müdür? Ona kalırsa her koku anberdir; şu kadar var ki sahilden elde edilmiştir o koku. Oysa bilindiği gibi anber; okyanusların dibinde yaşayan bilmem hangi balığın karnından binbir güçlükle istihsâl edilen ve paha biçilmez bir güzel kokudur; amma "***bilmeyen ne bilsin bizi***" der ya hani Hazreti Yunus Emre ve bir muhkem kaziyedir ya hani "***men lem yezuk lem yedri* = tatmayan bilmez**".

Sanırlar bî-gamân kim eşk-i hûnîn nazm-ı rengîndir
Bir âteş-pâredir geh dîde geh dilden zuhûr eyler

Aşktan behresi olmayanlar mısralarımızda gördükleri kanlı gözyaşı ibarelerini, şiir süsü zannederler; oysa hiç öyle olur mu; o bir ateş parçasıdır ki, kâh gözden kâh gönülden zuhur eder.

Girip çarha kuzılar gibi aşk-ı Şems'e kurbân ol
Bahâr-ı ma'rifet Gâlib bu menzilden zuhûr eyler

Ölüm çarkına gir Gâlib, Hazreti Şems gibi aşka seve seve kurban ol ki; kavuşmak ancak böyle bir yolculuğun sonunda mümkündür. **(Yine ölüm ile aşkın kıyâsı)**

Hele şu kıt'aya da bakın lütfen:

Hurşîd gibi âlemde biz üryân gezeriz
Sanmayın ammâ ki nümâyân gezeriz
Erbâb-ı nazar şâ'şaamızdan göremez
Huffâşların gözünde pinhân gezeriz

Evet gerçi güneş gibi örtüsüz ve çıplak dolaşıyoruz âlemde ammâ; zannedilmemelidir ki görünüyoruz. Görüş sahipleri şaşaamızdan göremiyor bizi, gözleri kamaşıyor; yarasa gibiler ise zaten ışıktan karanlığa kaçarlar, göremezler.

İlk bakışta basit görünen ve fakat taklidi müşkül sözlere edebiyâtımızda sehl-i mümtenî deniyor. Aşağıdaki bu vasfı haiz beytler ve müfredler *(tek mısra)* karşısında hayran kalmamak kabil görünmüyor.

Zannetme ki şöyle böyle bir söz
Gel sen de söyle böyle bir söz

Gele bir devr ki bu Gâlib'i yâd eyleyeler
Fursat-ı sohbet-i ahbâb ganîmet bilsin

(Öyle ya! 42 yaşında dâr-ı bekâya gitti Hazret)

Kâmil hatâ eyler ki, ânı câhil eylemez

Kâbe-i Hüdâ'dır dil, yıkmak olmaz.
Dil şikest edenler hasmullah olur

Mü'minin kalbi Kâbe gibi muazzezdir; onu kıran – maâzallah- Allah'ın düşmanı olur.

Kalbe nispet Arş-ı azam mercimek tanesi gibidir.

"*İnsan küçük âlem, âlem büyük insan.*" dememiş miydi Hazreti Ali

Mumdan kayıklarla ateşten aşk deryâlarını aştım
Vakt-i şâdî de gelir, mevsim-i mihnet de geçer!

Gam vakti de geçicidir, üzüntü mevsimi de; mütevekkil ol.

Bir şu'lesi var ki şem'-i cânın
Fânûsuna sığmaz âsmânın

Can mumunun (aşkın) öyle bir parıltısı var ki; eflâke sığmaz.

Düştü...

Hammamîzâde İsmâil Dede Efendi tarafından bestelendiği için; Şeyh Gâlib'in en çok tanınan eserlerinden biri "düştü" redifli gazelidir: bir şeylerin düşüşünden bahseder:

Yine zevrâk-ı derûnum kırılıp kenâre düştü
Dayanır mı şîşedir bu reh-i seng-sâre düştü

O zaman ki bezm-i cânda bölüşüldü kâle-i kâm
Bize hisse-i mahabbet dil-i pâre pâre düştü

Gehî zîr-i serde destî geh ayağı koltuğunda
Düşe kalka haste-i gam der-i lütf-ı yâre düştü

Erişip behâra bülbül yenilendi sohbet-i gül
Yine nevbet-i tahammül dil-i bî karâre düştü

Meh-i burc-ı ârızında gönül oldu hâle mâil
Bana kendi tâli'imden bu siyeh sitâre düştü

Reh-i Mevlevîde Gâlib bu sıfatla kaldı hayrân
Kimi terk-i nâm u şâne kimi i'tibâre düştü

***

Yine zevrâk-ı derûnum kırılıp kenâre düştü
Dayanır mı şîşedir bu reh-i seng-sâre düştü

Zevrâk saltanat kayığından küçük tekne demek. Gönül teknem kırıldı (yine; hep kırılıyor yani) kenara düştü. Fakat zevrâk güzel kokuların konduğu küçük cam şişe de demek. Bu defa ikinci manaya müracaatla, e tabiî diyor dayanır mı, küçücük bir şişe bu ve sert taşlı yola düştü.

O zaman ki bezm-i cânda bölüşüldü kâle-i kâm
Bize hisse-i mahabbet dil-i pâre pâre düştü

Ruhlar meclisinde (bezm-i elest'te) emel kumaşı taksim edilirken ne yapalım, bize aşktan parça parça olmuş bir gönül düştü; rıza vermeyecek miyiz? Hâşâ!

Gehî zîr-i serde desti geh ayağı koltuğunda
Düşe kalka haste-i gam der-i lûtf-ı yâre düştü

Burada müthiş bir sanat yapıyor büyük usta. Bir taraftan bakınca şunu diyor: Bir sarhoş anlatılıyor. Kâh şarap testisi başımızın altında ve kadeh koltuğumuzda olarak ve tabiî sarhoşluk tesiri ile yalpalamak suretiyle yârin lütuf kapısına düştük; öbür taraftan bakınca da, "desti" demişti. Dest mâlum el demek. Eli başının altında, ağır hastalık sebebiyle başımızı dik tutamadığımızdan elimizle destek vererek ve topal ayağımız sebebiyle yürüyemediğimizden koltuk değneklerine dayanarak ve tabiî bu durumda hastalık sebebiyle yalpalayarak yârin lütuf kapısına düştük. Ama diğer taraftan da bize şunu hatırlatır şairimiz; elleri başının altında ve ayağı koltuğunda (tekbir alış ve kâde-i âhirede oturuş.) Düşe kalka, rûkü-secde halinde, ömür boyu hacca giderek, namaz kılarak Yârin lütûf kapısına düştü. Tabiî hikâye uzundur. Çocuk yaşlarda başlar, ilk önce caminin girişinde ayakkabılıkta, daha sonra içeriye girer ve Yârin lütûf kapısına doğru düşe kalka gider ve büyüdükçe ön saflara doğru gelmiş olursunuz. Ve bir gün ön saftan dışarıya baktığınızda musalla taşını görür ve sonsuz yolculuğa düşe kalka çıkılacağı gerçeğiyle karşı karşıya kalırız. Uzun bir hikâyeyi şairimiz kendi hassasiyetiyle böyle ifadeye koymuş.

Erişip behâra bülbül yenilendi sohbet-i gül
Yine nevbet-i tahammül dil-i bî karâre düştü

Bülbüller ötmeye başladı, bahar mevsimi erişti, aşka dair sohbet meclisleri kuruldu ama biz dışında kaldık ve yine bizim kararsız zavallı gönlümüze, bekleme sırası düştü; e bekleyeceğiz çaresiz; bizim vuslatın vakti gelmedi çünkü.

Meh-i burc-ı ârızında gönül oldu hâle mâil
Bana kendi tâli'imden bu siyeh sitâre düştü

Yarin yanağı hep parlak aya benzetilir; burada da öyle. Diyor ki; yarin parlak yanağındaki siyah bene tutulup kaldık (siyah yıldız da eski astronomi telakkisine göre kara bahtı temsil ettiği dikkate alınırsa) ve bu sebeple bize kara bahtlılık isabet etti; ne yapalım.

Reh-i Mevlevîde Gâlib bu sıfatla kaldı hayrân
Kimi terk-i nâm u şâne kimi i'tibâre düştü

İşbu Mevlevîlik yolunda biz aşk sebebiyle hayret ve muhabbet içindeyiz; başlangıçta olduğu gibi sabit-kademiz. Ama bizimle beraber yola çıkanlardan şan ve şöhreti terk edip ihlâsını muhafaza edenler olduğu gibi; aksini ihtiyâr eden de oldu; vâ esefâ!

Şeyh Gâlib merhum, Divanını tamamladıktan sonra, 26 yaşında iken, büyük hikmet şairi Nâbî merhuma nazire olarak yazdığı Hüsn ü Aşk –ki 2101 beyittir- emsalsizdir Gâlib'in.

Bir şiiri var ki, müsemmen gazel tabir ediliyor. Her biri altından-üstünden bağımsız olarak anlam yüklü 48 mısradan kurulu tek bir şiirini (düşünmek ister miydiniz; atasözü gibi hüküm cümlelerini 48 defa ve üst üste nazm etmek nasıl bir şeydir? 24 yaşından önce bir insan bunu nasıl yapar? Henüz iki asır geçmeden artık bize Çin masallarından daha yabancı gelen nasıl bir zenginliktir bu? Neler olmaktadır?) hakkıyla mütalaa etmek imkanını bulsak, insanımızın dünyaya bakışı değişir; komplekslerden arınır; öz kültürünün zenginliği karşısında sermest ve bahtiyar olur; hayatı bakışı, hattâ yürüyüşü bile değişir. Öyle inanıyorum.

Yine **inanc**ım o ki, söz **hayatî**dir.

İnsan Şiiri

Kanaatimce Şeyh Gâlib'in şaheseri aşağıdaki müsemmen (sekizli) gazelidir. 'İnsan Gazeli' diye adlandıranlar var; haksız da değiller gibi.

Başka bir örnek daha gösterilebilir mi bilmiyorum; bu manzumede her bir mısra (toplam 48, tekrarlar dikkate alınmazsa 40) bağımsız birer değer hükmü olarak okunabilir. Adeta ardı ardına söylenmiş 40 atasözü gibi; insan kudreti ile izahı gerçekten çok kolay değil. Hele şairin 42 yaşında dünyadan ayrıldığı ve bu manzumenin de içinde bulunduğu Dîvânını tertip ettiğinde henüz 24 yaşında olduğu düşünülürse...

Ey dil ey dil neye bu rütbede pür-gamsın sen
Gerçi virane isen genc-i mutalsamsın sen
Secde-fermâ-yı melek zât-ı mükerremsin sen

Bildiğin gibi değil cümleden akvamsın sen
Rûhsun nefha-i Cibrîl ile tev'emsin sen
Sırr-ı Hak'sın mesel-i 'Isî-i Meryemsin sen

Hoşça bak zâtına kim zübde-i âlemsin sen
Merdüm-i dîde-i ekvân olan âdemsin sen.

***

Ey dil ey dil neye bu rütbede pür-gamsın sen

Ey gönül, ey gönül! Hangi sebeple bu derece gamlısın sen; yahut bulunduğun bu derecede iken böyle gamlısın sen?

İlk mısrada açtığı sorunun cevabı şiirin sonuna kadar her mısrada ayrı ayrı veriliyor. Üzülmeye hakkın yok ey insanoğlu, korkulur ki bu küfran-ı ni'met olur. Çünkü öylesine şerefli bir mevkide yaratılmış bulunuyorsun ki, bundan gâfil olmak, o şerefi bahşedenin hikmetinden gafil olmak demek olur.

Gerçi virane isen genc-i mutalsamsın sen

İki türlü anlamlandırılabiliyor görebildiğim kadarıyla:

a) Evet sen bir tarafından bakılınca kıymetsiz bir göçüntülükten ibaretsin. Öyle ya, insan eti ölünce para bile etmiyor. Hatta cesedi bir an önce gözden uzaklaştırmak için masraf ediliyor; kimsesi yoksa Belediye devreye giriyor. Ama öte yandan –yani ruh cihetinden- öyle kıymetlisin ki paha biçilemez sana. Allah'ın eşref-i mahlûkât olarak yarattığısın. Genc, hazine demek; mutalsam da tılsımlı. Efsane odur ki, paha biçilmez hazineler daima viranede saklanırmış ve başında bir yılan beklermiş.

b) 'isen'deki –se eki malum dilek-şart kipidir. Yani ekin şart anlamına göre bakılırsa demek olur ki, virane olman şartıyla paha biçilmez hazinesin sen. Yani zahiri/bedeni virane edebilirsen manevi kıymetin ortaya çıkar.

Secde-fermâ-yı melek zât-ı mükerremsin sen

Melekler, Âdem Aleyhisselâma doğru –Allah'a- secde etmekle emrolunmuşlardı hani. Sen insan olmakla işte bu şerefin, keremin sahibisin. Allahü teâlâ, günâhsız meleklerine, senin babana doğru secde etme emrini verdi. Öyleyse ey insanoğlu kıymetini/sevildiğini bil. Öyle insanlar var, bu şuur sayesinde meleklerin imrendikleri bir mevki elde ettiler ve öyle insanlar var ki, bunu unutmakla, şeytanların bile "iyi ki insan değiliz" dedikleri bir duruma düştüler.

Bildiğin gibi değil cümleden akvamsın sen

Gündelik konuşmamızda alelade söyleyiverdiğimiz "bildiğin gibi değil" deyimini derc ederek yaptığı letafet bir tarafa; her şeyden daha kıymetlisin sen; kendini bilmiyorsun sadece…

Rûhsun nefha-i Cibrîl ile tev'emsin sen

Özümüz ruh ya. Kur'ân-ı Kerîmde de Kadr sûresinde Cebrâil aleyhisselâm 'ruh' diye anılıyor; meleklerin en büyüğü olan ve Kitapları Peygamberlere (aleyhimüsselâm) getirmekle vazifeli Cebrail aleyhisselâmın nefesi ile –nefes ibaresinin burada hayli yetersiz kaldığı biliniyor da daha derin izaha bilgi yetmiyor- ikiz kardeşsin sen; onun gibisin; kıymetini bil!

Sırr-ı Hak'sın mesel-i Isî-i Meryemsin sen

Hazreti Îsâ aleyhisselâmın babasız olarak, kudret-i ilâhî ile dünyaya getirildiği hatırlatılarak ve babamız olan Âdem aleyhisselâmın hem anasız ve hem babasız olarak dünyaya getirildiği nazara verilerek; sen işte o derece kıymetlisin. Evet günahkâr, kusurlu, yüzü kara insansın ama, masûm olan peygamberler de insandan idi.

Hoşça bak zâtına kim zübde-i âlemsin sen
Merdüm-i dîde-i ekvân olan âdemsin sen.

Her kıt'anın sonunda tekerrür eden bu berceste (benzersiz) beyitte ise; kendini hakir görme sakın, yaratılmışların çekirdeği, özü, gayesi, en kıymetlisisin sen ve kâinâtın gözbebeğisin denilmektedir.

Bu âdem dedikleri, el ayakla, baş değil,
Âdem rûha denilir, surat ile kaş değil.

Beden et ve deridir, rûh bunun serveridir.
Hakkın kudret sırrıdır, rûhsuz kalıp hoş değil.

Âdem gerek, su gibi, temizlenip arına,
Harâmlardan kaçınır, nefsi de serkeş değil.

Âdemdedir emânet, ondadır ilm-ü hikmet.
Hakkın katında âdem, dâne-yi haşhaş değil.

Âdem olan iyi bil, çalışır hep ay ve yıl,
Rûh gıdâsı ilmdir, ekmek ve kumaş değil.

Kendi özün anlıyan, rûh gözün aydınlıyan,
Hak sözün pek kavrayan, er olur, ayyaş değil.

Beden hayvanda da var, hissi, onda pek artar.
Kurt gözü keskinse de, nakş görür, nakkaş değil.

Merteben ayn-ı müsemmâdadır esmâ sanma
Merci'in Hâlık-ı eşyâdadır eşyâ sanma
Gördüğün emr-i muhakkakları rü'yâ sanma
Başkasın, kendini sûretle heyûlâ sanma
Keşf ile sabit olan ma'nîyi da'vâ sanma
Hakkına söylenen evsâfı müdârâ sanma

Hoşça bak zâtına kim zübde-i âlemsin sen
Merdüm-i dîde-i ekvân olan âdemsin sen.

İsimden ibaret değilsin, ismin işâret ettiği kemâl mertebesine lâyıksın, hedefin o olmalıdır; makamın eşya değil, eşyayı yaratanın muhatap kabul ettiğisin; hakîkata dair görünen işleri asılsız rü'yâlar zannetme, haksızlık etmiş olursun; kendini bir şekilden ibaret ve bir görüntü zannetme, sen başkasın; evliyânın keşifleri ile vâkıf oldukları hususları kuru bir dava zannetme; sana dair söylediğim *(söylenen)* yüceltici vasıfları, gönlünü almak ya da seni sevindirmek için söylenivermiş zannetme, hakîkattir.

Kendini ehemmiyetsiz sanma, âlemin en seçkin parçası ve özetisin; bütün yaratılmışların gözbebeği olan insansın sen.

İnleyip sırrını fâş eyleme ağyâra sakın
Düşme bilmezlik ile varta-i inkâra sakın
Değmesin âhların kâkül-i dildâra sakın
Sonra Mansûr gibi çıkman olur dâra sakın
Arz-ı acz etmeyesin yâreden ol yâre sakın
Bulduğun cevher-i âlîleri bîçâre sakın

Hoşça bak zâtına kim zübde-i âlemsin sen
Merdüm-i dîde-i ekvân olan âdemsin sen.

Aşkın sırrını taşımak kolay değil, lâyık olmayana sır vermek de uygun değil, dikkat et; câhillik edip inkâr tehlikesine de düşme; feryatların zülf-i yâre dokunmasın, kaçın; Hallac-ı Mansur hazretlerinin darağacına gittiğini akıldan çıkarma; yaralarından dolayı dosttan şikâyetçi olma sakın; ey çaresiz kişi! aşk yolunda bulacağın kıymetli cevherleri, sırları iyi muhafaza et.

Kendini ehemmiyetsiz sanma, âlemin en seçkin parçası ve özetisin; bütün yaratılmışların gözbebeği olan insansın sen.

Sendedir mahzen-i esrâr-ı mehabbet sende
Sendedir ma'den-i envâr-ı fütüvvet sende
Gizli gizli dahı vardır nice hâlet sende
Ma'rifet sende, hüner sende, hakîkat sende
Nazar etsen, yer ü gök, Dûzah u Cennet sende
Arş u Kürsiyy ü melek sendedir elbet sende

Hoşça bak zâtına kim zübde-i âlemsin sen
Merdüm-i dîde-i ekvân olan âdemsin sen.

Aşkın sırlarının hazinesi, mertlik *(yiğitlik)* madeni sendedir; akıllar ermez haller sendedir; marifet, hüner, hakikat sendedir *(seyr-i enfüsî)*; dikkat et ki, gökler ve yer, Cennet ve Cehennem de *(insan ateşini dünyadan götürür kaziyesini hatırlatıyor)* sendedir; Arş da Kürsî de Melek de sendedir. Hatırlayalım hep yanımızda olan melekleri…

Kendini ehemmiyetsiz sanma, âlemin en seçkin parçası ve özetisin; bütün yaratılmışların gözbebeği olan insansın sen.

Hayftır şâh iken âlemde gedâ olmayasın
Keder âlûde-i ümmîd ü recâ olmayasın
Vâdi-i ye'se düşüp hîç ü hebâ olmayasın
Yanılıp reh-rev-i sahrâ-yı belâ olmayasın
Âdeme muttasıl ol tâ ki cüdâ olmayasın
Secdeler eyle ki merdûd-i Hudâ olmayasın

Hoşça bak zâtına kim zübde-i âlemsin sen
Merdüm-i dîde-i ekvân olan âdemsin sen.

Yazık olur! Padişah olacak tıynette yaratılmışken dilenci olursan; insanlardan ve dünyadan beklenti ve çekinti ile paçana çamur bulaştırırsan; ümitsizlik gayyâsına düşüp zayi olur gidersen; yolunu şaşırıp belâ çöllerine yolunu düşürürsen. Aslın ademdir *(yokluktan geldin)*, bunu unutma ki sevgiliden uzak düşmeyesin; doğrulukla kulluk eyle ve gözyaşlarıyla hep dua et de Allah'ın reddettiği olma. Burada Hazreti Âdem babamızla İblis karşılaştırmasını yapıyor. Âdem Aleyhisselam'a benze, O tasfiye etti, safiyullah oldu, öyle tövbe etti, öyle ağladı ki; Safiyullâh Âdem oldu. Öbürü de (İblis) secdeyi terk etti, inat ve kibir etti de başına neler geldi. Yani Gâlib merhum hikâyenin ta başından misal getiriyor.

Kendini ehemmiyetsiz sanma, âlemin en seçkin parçası ve özetisin; bütün yaratılmışların gözbebeği olan insansın sen.

Berk-i hâtıf gibi bu kayd-i sivâdan güzer et
Erişen hâr u hâse âteş-i aşkı siper et
Dâmenin tutmaya âsâr-ı alâyık hazer et
Şems-veş hâhiş-i Munlâ ile azm-i sefer et
Saf kıl âyineni kâbil-i aks-i suver et
Hele bir cem'i havâs eyle de Gâlib nazar et

Hoşça bak zâtına kim zübde-i âlemsin sen
Merdüm-i dîde-i ekvân olan âdemsin sen.

Aniden çakan ve göz kamaştıran bir şimşek gibi Allah'dan gayrıdan geçiver; çer-çöp sana bulaşmasın, aşk ateşini siper kıl; değmez alâkalara paçanı kaptırma, sakın; Hazreti Şems-i Tebrizî' nin ettiği gibi Hazreti Mevlânâ aşkı ile yola düşüver; kalp aynanı temizle ki muhteşem suretlerin görünmesine kabiliyet kazansın; ve ey Gâlib *(sanki tüm sözler kendine)* kemâl-i dikkat ve edeple bak ki ne göreceksin:

Kendini ehemmiyetsiz sanma, âlemin en seçkin parçası ve özetisin; bütün yaratılmışların gözbebeği olan insansın sen.

Bir gazelinden şu iki mısra hayran bırakıyor beni:

Dört üstü dörtolur mu safâ cihânda kim
Merbût-i çâr-mîh-ı anâsır bulunmuşuz

Dünyada mümkün müdür ki neş'e dört dörtlük olsun; hava, toprak, su, ateş gibi dört unsura çakılı durumdayız çünkü ve bunların her birinin temâyülleri farklı ve birbirine zıt; biri rahat etse yekdiğeri bîzâr olur.

Dâd alma mümkin idi felekden yâ n'eyleyim
Birkaç zemân içinde müsâfir bulunmuşuz

Talep etseydik eğer felekten, belki ihsâna kavuşup gün yüzü görmemiz mümkün olacaktı; amma şu var ki misafir olarak bulunduk âlemde ve müsafir için, bulduğundan fazlasını istemek mürüvvete uygun düşmezdi; bir de fazla vaktimiz olmadı be...

Hayâlî Bey ve Şeyh Gâlib

Kânûnî Sultan Süleyman devrinin dev şairi 1555 yılında vefat eden Hayâlî Bey'in bir gazel matla'ı üzerine yaptığı muhteşem tazmini var Gâlib merhum'un. Yani gazel'in ilk beytini almış, onun üzerine, onun ilhamıyla dizmiş de dizmiş âdeta incileri. Konuya temel teşkil eden beyit;

Aşk bir şem'i ilâhidir benim pervânesi
Şevk bir zencirdir gönlüm anun dîvânesi

Aşk bir ilâhi mumdur, ben de o mum'un pervanesiyim. Mum pervane ister, etrafında dönen. Can veren pervaneler ister. Şevk dediğin de bir zincirdir ve zincir de ona bağlanacak bir deli ister. İşte o deli benim. Şevk adlı zincire bağlı deliyim ve Aşk adlı ilahi mum etrafında dönen pervaneyim.

Hayâlî bey söze giriyor ve Şeyh Gâlib bunun üzerine bakın neler söylüyor;

Kalp bir gencînedir cismim anun virânesi
Feyz bir bahr-i kerâmettir sözüm dürdânesi
Nutk bir tûtî-yi hoş gûdur derûnum lânesi
Eşk bir sahbâ-yı âteşdir gözüm peymânesi
Ye's bir mihmân-ı gamdır hâtırım kâşânesi
Dağ bir murg-i semenderdir ten âteş-hânesi
Aşk bir şem'-i ilâhîdir benim pervânesi
Şevk bir zencîrdir gönlüm anun dîvânesi

Kalp, en kıymetli cevherlerin gizli olduğu bir hazinedir. Ve her hazine bir viranede saklıdır. Beden de o hazinenin saklandığı viranenin ta kendisidir. Bedenimle viraneyim, kalbimle hazineyim. "*Gerçi virâne isen genc-i mutalsamsın sen*" çünkü beden paha biçilmez bir hazineyi taşır o da Ruh'dur, kalp'tir... Sen manevi tarafınla insansın. Ölen hayvan olur, âşıklar ölmez dememiş miydi Hazreti Yûnus...

Feyz bir bahr-i kerâmettir sözüm dürdânesi

Feyz dediğimiz şey kerâmetler denizidir. O denizden çıkan inciler de sözlerimdir.

Nutk bir tûtî-yi hoş gûdur derûnum lânesi

Sözlerim hoş öten bir papağan gibidir ve yuvası da içimdir, gönlümdür.

Eşk bir sahbâ-yı âteşdir gözüm peymânesi

Gözyaşı ise bir ateş şarabıdır. Kadehi de gözlerimdir. Gözümle kadeh kadeh alır onu dağıtırım. Bir şairimiz mana olarak diyor ki; aşık hiç belli etmese bile ağladığı, yandığı gözlerinden bellidir. Ağlayan ve yanan göz kızarık olur ve kendini ele verir. Aşk öksürük gibi derler, geldiğinde tutamazsın mutlaka belli eder kendini.

Ye's bir mihmânı gamdır hâtırım kâşânesi

Yeis, ümitsizliktir ama burada böyle anlaşılmamalıdır. Yani hâtırımda yeis gibi bir misafir var diyor ama buradaki yeis, kavuşulamayacağını anlamaktır, anlaşılamayacağını anlamaktır. İmâm-ı Âzam Ebû Hanife hazretleri ömrünün son anlarında Kâbe-i Şerif'in içine girdi ve namaz kıldı. İki rekât namazda hatim yaptı, secdeye kapanıp şöyle dua etti; "Yâ Râbbi, senin anlaşılamayacağını anladım, kusurlarımı bu anlayışıma bağışla." Allah'ı anlamak, anlaşılamayacağını anlamaktır. Aşkta kavuşma yoktur.

Evliyâdan bir büyük zât, bir çobanla karşılaşır ve sorar; Allah'ı bilir misin? Çoban, bilirim demiş. Nereden bilirsin? "Şu koyunlardan bilirim" diye cevap vermiş çoban. Nasıl yani? demiş hazret. Bu koyunlara ben göz kulak olmasam kimi yardan uçar, kimi kurda kuşa yem olur, kimi bilmem ne olur demiş çoban ve bu yüzden bunları bir güden olması lazım, işte buradan anlıyorum ki; kâinatı da çekip çeviren, düzenleyen bir güç var, O da Allah'tır demiş. Çok doğru anlamışsın, peki bana anlatsana demiş Allah'ı. Çoban; Koyunlara sor, beni anlatabilirlerse sana, ben de o vakit Allah'ı anlatırım demiş. Yeis bu ma'nâda işte.

O ki vardır, O ki vardır
Onu bilmek bu kadardır

Dağ bir mürg-i semenderdir ten âteş-hânesi

-Dağ: dağlama yarasıdır. Kızgın bir demirle yapılan yara. Hayâlî Bey diyor ki;

Gel Hayâlî'nin teninde dâğ-ı İbrahim'e bak
Bu kadar ancak çerâğ-ı Hazret-i Ethem yanar

Aşk acısı, ateşi nasıl bir şeydir görmek istiyorsan, tenimdeki dağlama yaralarına bak, İbrahim Aleyhisselam ateşe atıldı ve ateş Onu yakmadı ya. Ona benzer yaralar vardır üstümde. Benim kadar ancak İbrahim bin Ethem yanar diyor.

Kays'a eydün ben belâ destinde ser-gerdân iken
Uğramasın yanıma billâhi ol sersem yanar

Diğer bir beyitte de böyle demiş Hayâlî Bey; Mecnûna söyleyin, çölde dolaşırken hani ikimiz de aşk mesleğindeyiz falan diye yanıma gelmeye kalkar. Ateşim onu yakar vallahi karışmam, ben ona benzemem, uzak dursun diyor.

Aşk bir şem'i ilâhîdir benim pervânesi
Şevk bir zencirdir gönlüm anun dîvânesi

diyerek bitiriyor Hayâlî Bey.

Bilen bilir...

Hani Hayâlî Bey'in günümüze kadar ulaşan en meşhur beyitlerinden biri vardır;

Cihân-ârâ cihân içindedir ârâyı bilmezler
O mâhîler ki deryâ içredir deryâyı bilmezler

İşbu gazele, Gâlib merhum öyle bir tahmîs yapmış ki siz kıymetli okuyucularla paylaşmadan geçmek istemiyorum;

Tahmîs-i Gâlib Gazel-i Hayâlî

Nefehnâ nefhasın gûş itmeyenler nâyı bilmezler
Miyân-ı cân u cânânda bu hûyı hâyı bilmezler
Nefes nâ-âşinâlar gevher-i ma'nâyı bilmezler

Cihân-ârâ cihân içindedir ârâyı bilmezler
O mâhîler ki deryâ içredir deryâyı bilmezler

Safâ serhoşlarına gam şerâbın anma ey zâhid
Hüdâ sâillerine çok cevâbın anma ey zâhid
Özün saymazlara mahşer hisâbın anma ey zâhid
Harâbât ehline dûzah azâbın anma ey zâhid
Ki bunlar ibn-i vakt olmuş gam-ı ferdâyı bilmezler

Çerâğın rûşen etmiş nûr-i vahdetden yakıp bunlar
Kararmazlar cihân zulmâtına aslâ bakıp bunlar
Ererler ka'r-ı bahra mevc-i seyl-âsâ akıp bunlar
Hamîde kadlerine rişte-i eşki takıp bunlar
Atarlar tîr-i maksûdu nedendir yâyı bilmezler

Görürler şems-i aşkın pertev-i nûrun uyanıklar
Meh ü mihri kızıl bir pula saymaz bağrı yanıklar
Aceb rassâd-ı hikmet çâh-ı fikretde ne sayıklar
Şafak-gûn kan içinde dâğını seyr etse âşıklar
Güneşden zerre görmezler felekde ayı bilmezler

Tecerrüd nâmına varmış dilin bir bahr-i ummânı
Ana gark oldu derler Gâlib-i bî-sabr u sâmânı
Komazdım dâmenin billâh elden olsa dâmânı
Hayâlî fakr şâlına çekenler cism-i uryânı
Anunla fahr iderler atlas u dîbâyı bilmezler

Nefehnâ nefhasın gûş itmeyenler nâyı bilmezler
Miyân-ı cân u cânânda bu hûyı hâyı bilmezler
Nefes nâ-âşinâlar gevher-i ma'nâyı bilmezler
Cihân-ârâ cihân içindedir ârâyı bilmezler
O mâhîler ki deryâ içredir deryâyı bilmezler

"Nefehnâ" âyet-i kerimedir. Üfledik buyuruyor Cenâb-ı Hak. Çamura, ruh üfledik ve onu aziz kıldık ve dedik ki meleklere; 'kıbleniz burasıdır secde edin' ettiler. Etmeyen de tard oldu zaten. Bunu işitmeyenler, bundan haberi olmayanlar nâyı bilmezler. Nay, bildiğimiz neydir. Diğer bir ma'nası da 'yok' demektir. İnsan-ı kâmil ney gibidir. Sesi ney'den değil neyzendendir. Yedi deliklidir insanın başı gibi. Kamışlıktan kesilmiş gelmiş ve orayı özlemektedir. Miyân-ı cân u cânanda diye devam eder; sevenle sevilen arasında cereyan eden, o hay u huyı da bilmezler. Bir şeyler olmaktadır orada ama kim bilir ne? Sır!..

"Rabbimle öyle vakitlerim oluyor ki" dedi aleyhisselâtüvesselam; araya hiçbir Peygamber de melek de giremez dedi. Canla cânan arasında bir şey var...

Nefesi tanımayanlar ma'nâ cevherini de bilmezler. Zâhire takılırlar, dışa bakarlar. Evliyanın zâhiri zehir gibidir derler. Ve Hayâlî Bey'in marka beyiti; Eserden müessire bakanlar, yaratılmışlardan Hak Teâlayı anlayabilir. Deliller açıktır. Çok zâhirdir ama zuhurunun şiddetinden gâibtir. Çok meydanda olduğu için görünmez. Güneşe gözünü dikip on saniye bakarsan artık güneşi göremezsin. Hatta başka bir şey de göremezsin. O balıklar ki deniz içindedir ve denizi bilmezler. Elde bulunan nimetin kıymetini insanoğlu bilmez, nasıl ki denizin içindeki balık denizi bilmez'den yola çıkarak beş şeyi kaybetmeden beş şeyin kıymetini bilmeli sözü aklıma geldi;

-Ölüm gelmeden hayatın,
-İhtiyarlık gelmeden gençliğin,
-Hastalık gelmeden sıhhatin,
-Fakirlik gelmeden zenginliğin,

-Meşguliyet gelip çatmadan, boş vaktin kıymetini bil ki; çünkü, o mâhiler ki deryâ içredir deryâyı bilmezler...

Safâ serhoşlarına gam şerâbın anma ey zâhid
Hüdâ sâillerine çok cevâbın anma ey zâhid
Özün saymazlara mahşer hisâbın anma ey zâhid
Harâbât ehline dûzah azâbın anma ey zâhid
Ki bunlar ibn-i vakt olmuş gam-ı ferdâyı bilmezler

Bunlar öyle gönül erleridir ki, öyle insanlardır ki, bunlar için zamanın önemi yoktur. Onlar yukarıda ya da aşağıda olduklarına da bakmazlar. Onlar sadece sahibleri ile meşguldürler. Bunlar vaktin oğludur. İbn-i vakt olmuşlar. O anın gereği neyse onu yaparlar. Tam uyum içinde yaşarlar. Yarın için endişeleri yoktur, düne dair üzüntüleri de yoktur.

Yine Şeyh Gâlib;

Geçti gün ferdâ-yı ko saat bu saat dem bu dem.

Çerâğın rûşen etmiş nûr-i vahdetden yakıp bunlar
Kararmazlar cihân zulmâtına aslâ bakıp bunlar
Ererler ka'r-ı bahra mevc-i seyl-âsâ akıp bunlar
Hamîde kadlerine rişte-i eşki takıp bunlar
Atarlar tîr-i maksûdu nedendir yâyı bilmezler

Kalp mumunu vahdet ateşinden yakıp aydınlanmıştır bunlar. Birilerinden bahsediyor. Kemal ehli insanlardan. Dünyadaki zulmetler ve sıkıntılar bunların içini karartmaz. Usul usul akıp giden bir nehir gibi okyanusun dibine akıp gider bunlar. Hamîde kad dediği, eğilmiş iki büklüm olmuş bir boyu var demek. Dert ve mihnet ehlidir ve iki büklüm olmuştur. Yay gibi olmuştur artık. Hiç kesilmeyen gözyaşları da yayın kirişi gibidir. Ve malumunuz böyle bir yaya ok lazımdır. Maksat okunu atarlar ama yayı da bilmezler. İlâhi irâdeye tam teslim olmuş cüz'î irâde. Tabiî şairimiz yine dolaylı olarak bir ayet-i kerime tefsiri yapıyor burada. Bedir harbinde Cenâb-ı Peygamber yerden bir avuç toprak alıp küffar ordusunun üstüne atıyor ve ordu târumâr oluyor, büyük bir mucize tezahür ediyor. Cenâb-ı Hakk buyuruyor ki; 'Sen atmadın Ben attım'. Maksat okunu atanlar yay'ı devre dışı görürler sebeplerle alakayı keserler, müsebbib'ül esbâb-ı görürler. Sebeplerin sebebini görürler. Kâğıt üzerinde kalem'in hareketini gören karınca dedi ki; yazı yazanı buldum, kalemin ucu var ya şu kurşun olan işte o yazıyor. Dediği doğru ama mertebesi aşağıda. Fare baktı biraz daha geniş açıdan, hayır yanılıyorsun kalem yazıyor dedi. Kedi gördü ve hayır, kalem değil el yazıyor dedi. İnsan baktı, ne eli diyerek insanın yazdığını işaret etti. Daha ötesinden haberdar olan da, yazdıranı gördü ve yazan O'dur dedi.

Görürler şems-i aşkın pertev-i nûrun uyanıklar
Meh ü mihri kızıl bir pula saymaz bağrı yanıklar
Aceb rassâd-ı hikmet çâh-ı fikretde ne sayıklar
Şafak-gûn kan içinde dâğını seyr etse âşıklar
Güneşden zerre görmezler felekde ayı bilmezler

Alvarlı Efe hazretlerinin dediği gibi; 'Muhabbet şemsi doğmuşken ne lazım mihr ile mâhe'

Aşkın güneşi doğduysa ayı ve güneşi ne yapacaksın. Ay ve güneş, gece ve gündüz de demek olur. Dünyanın altı da üstü de senin için anlamını yitirmiştir. Varlığı ve yokluğu müsavidir. Cenâb-ı Hakk'ın haşâ tesadüfi işi yoktur. Vermediyse vermediği iyi olduğu içindir. Her duamızı kabul etmediği için ayrıca teşekkür borçluyuz.

Tecerrüd nâmına varmış dilin bir bahr-i ummânı
Ana gark oldu derler Gâlib-i bî-sabr u sâmânı
Komazdım dâmenin billâh elden olsa dâmânı
Hayâlî fakr şâlına çekenler cism-i uryânı
Anunla fahr iderler atlas u dîbâyı bilmezler

Gâlib merhum, tecâhül-i ârif yapıyor. Tecerrrüt nâmına varmış dilin bir bahr-i ummânı. Bir haber duydum bir yerden diyor. Soyutlanma, tecerrüt ismiyle müşerref olmuş bir er kişi. O denize Gâlib adlı birisi dalmış. O eteği ben olsam vallahi bırakmazdım. Hangi etek bu ey Gâlib? Tabiî ki Züleyhânın tuttuğu etek. Ah diyor o eteği ben tutsam bırakmazdım. Ve sözü Hayâlî Bey alıyor; çıplak bedenlerini fakr adlı elbiseye bürümüşlerdir, onların kıyafeti fakr şalıdır. Fakr, Allahtan başka kimsenin hiçbir şeyi yok idrakidir. İşte onunla övünürler, gösterişli, pahalı kumaşlarla alakaları yoktur.

Söz Hayâlî Bey'deyken güzel bir gazelini paylaşmak istiyorum. Sohbet meclislerimizde sıkça dilime gelir;

Vücûdum zerreler kıldı mahabbet çün turâb oldum
Çekildim âsumâna kuhl-i çeşm-i âfitâb oldum

Bana yer verdiler saff-ı ni'hâlinde harâbâtın
Başım eflâke erdi gün gibi âli-cenâb oldum

Kulağım buralı tanbur-veş dest-i gam-ı dilber
Tenimde her kılım nâlişler eyler bir rübâb oldum

Dehânıyla miyânı fikri içre aklı gayb ettim
Nice ince söze gerçi bugün hâzır cevâp oldum

Hayâlî nâle vü eşküm bana tâ kim gınâ verdi
Ne mutrib mihnetin çektim ne muhtâc-ı şarâb oldum

***

Vücûdum zerreler kıldı mahabbet çün turâb oldum
Çekildim âsumâna kuhl-i çeşm-i âfitâb oldum

Aşk'ın tesiriyle öyle un ufak olup ezildim ki, nihayet esen rüzgar beni kaldırarak göklere yükseldim, yüceldim ve ayak altında kalmadım.

Bana yer verdiler saff-ı ni'hâlinde harâbâtın
Başım eflâke erdi gün gibi âli-cenâb oldum

Aşıklar meclisinde en son safta yer bulabildim. Ama orada bulunmakla başım göklere değdi, güneş gibi feyz-feşân oldum. (Ön saftakinin yüceliğini var sen tasavvur et!)]

Kulağım buralı tanbur-veş dest-i gam-ı dilber
Tenimde her kılım nâlişler eyler bir rübâb oldum

Tanburun akordunu yapmak için kulağını burdukları gibi, yârin gamı, aşkı, derdi öyle bir burdu ve ayara getirdi ki beni; vücudumun her kılı o gamı terennüm etmektedir.

Dehânıyla miyanı fikri içre aklı gayb ettim
Nice ince söze gerçi bugün hazır cevâp oldum

Yok olan dudaktan söz ve yok olan belde kemer olduğunu gördüm ya! İşte ben de yoktan geldiğimi anladım. Yoktan geldiğine göre nasıl varlık iddiasında bulunabilirsin?

Hayâlî nâle vü eşküm bana tâ kim gınâ verdi
Ne mutrib mihnetin çektim ne muhtâc-ı şarâb oldum

Benim nâlelerim ve gözyaşlarım var (inleyişlerim). Kemiklerim ney gibi sızı verir, kanlı gözyaşlarım da şarap gibidir. Bunlar bana öylc zenginlik verdi ki; ne tanburi ve neyzen kahrı çekeceğim, ne de bu şaraba muhtaçlığım var. İkisi de bizde mevcut.

Şeyh Gâlib ve Fuzûlî

Fuzûlî Türk şiirinin kâfile başıdır dense sezâdır. Gazelleri, beyitleri dilden dile, gönülden gönüle dolaşır. Gâlib merhum da bunu anlayanlardandır ki, onun çok güzel ve hikmet dolu bir gazeline tahmîs yapmıştır. Öyle bir gazel ki, aslını Fuzûlî yazmış tahmîsini Şeyh Gâlib yapmış. Varın siz düşünün gerisini... Önce şiirin aslına bakalım daha sonra tahmîse;

Öyle ser-mestem ki idrâk etmezem dünya nedir
Men kimem sâkî olan kimdir mey ü sahbâ nedir

Gerçi cânândan dil-i şeydâ içün kâm isterem
Sorsa cânân bilmezem kâm-ı dil-i şeydâ nedir

Vasldan çün âşık-ı müstağni eyler bir hayâl
Âşıka ma'şûkdan her dem bu istiğna nedir

Hikmet-i dünya vü mâfihâ bilen ârif değil
Ârif oldur bilmeye dünya vü mâfihâ nedir

Âh ü feryâdın Fuzûlî incidibdir âlemi
Ger belâ-yı aşk ile hoşnûd isen gavgâ nedir

Öyle ser-mestem ki idrâk etmezem dünya nedir
Men kimem sâkî olan kimdir mey ü sahbâ nedir

Aklım başımdan öyle gitmiş ki, bilemiyorum dünya nedir? Aciz kaldım. Ben kimim, sâkî kimdir, içki nedir, kadeh nedir bilemiyorum.

Gerçi cânândan dil-i şeydâ içün kâm isterem
Sorsa cânân bilmezem kâm-ı dil-i şeydâ nedir

Evet, gerçi sevgiliden, çılgın gönlüm için bir seadet, mutluluk istiyorum ama, cânan dönüp sorsa 'sen ne istiyorsun' diye; ne istediğimi bile söyleyemiyecek durumdayım.

Vasldan çün âşık-ı müstağni eyler bir hayâl
Âşıka ma'şûkdan her dem bu istiğna nedir

Âşığın derdi nedir? Kavuşmak. Ama pek ala bilir ki aşkta kavuşma olmaz. Asıl maksat böylece yanmaktır. Hâzık Mehmet'in dediği gibidir;

Çerâğ-ı meclisi pervâne yâne yâne arar
Murâd-ı matlabı sûziş değilse ya ne arar

Pervane mumu yana yana arıyor. E bulunca ne olacak? Yanacak. Maksadı yanmak olmasa niye arasın.

Ama çok az bir kavuşma ümidi olsa, sonrasında istigna başlayacak, istemez hâle gelecek, şeydalanması bitecek, ferahlıyacak. Buna rağmen maşukun bu nazı ne oluyor?

Hikmet-i dünya vü mâfihâ bilen ârif değil
Ârif oldur bilmeye dünya vü mâfihâ nedir

Dünyanın hikmetini anlatan yahut ahretin hikmetini anlatan âlimlere ben ârif demem. Ârif ben ona derim ki; dünyayı da unuttu, ahreti de unuttu sadece Allah diyor başka bir şey bilmiyor...

Âh ü feryâdın Fuzûlî incidibdir âlemi
Ger belâ-yı aşk ile hoşnûd isen gavgâ nedir

Son beyitteki Fuzûlî kelimesi şairin kendi adı olduğu gibi, mana olarak da oraya oturuyor.

Ey Fuzûlî, senin ahın-u feryadın, çığlıkların boşuna. Durduk yere rahatsız ettin, incittin alemi. Eğer aşk belasından memnunsan, peki bu feryat nedir?

Şiir böyle bu seviyede olunca, ona tahmis yapan Şeyh Gâlib bakın nasıl yapmış;

Sorma benden meşreb-i rindân-ı bî-pervâ nedir
Matlab-ı bî-matlabân-ı vâdi-i sevdâ nedir

Tavr-ı mestân-ı şerâb-ı nergis-i şehlâ nedir
Öyle ser-mestem ki idrâk etmezem dünya nedir
Men kimem sâkî olan kimdir mey ü sahbâ nedir

Çerhden tab'-ı hüner-pîrâ içün kâm isterem
Özge nâ-kâmım ki ol rüsvâ içün kâm isterem
Kâfir-i bî-dinden Mevlâ içün kâm isterem
Gerçi cânândan dil-i şeydâ içün kâm isterem
Sorsa cânân bilmezem kâm-ı dil-i şeydâ nedir

Gamzesinde münderic sırr-ı celâl ü hem cemâl
Hatt-ı pür-şûr ile fikr-i bî-me'âlim pür melâl
Haşre dek peyveste olmak yâ neden bu kîl-ü kâl
Vasldan çün âşık-ı müstağni eyler bir hayâl
Âşıka ma'şûkdan her dem bu istiğna nedir

Vasf-ı hüsnü pâk ü müstesnâ bilen ârif değil
Kadd-i yârı cümleden bâlâ bilen ârif değil,
Öz vücûdün âlem-i kübrâ bilen ârif değil
Hikmet-i dünya vü mâfihâ bilen ârif değil
Ârif oldur bilmeye dünya vü mâfihâ nedir

Nakd-i ömrünle değişdinse eğer dâğ-ı gamı
Levh-i sînenden silersin nakş-ı kayd-ı merhemi
Tab'-ı Gâlible hemân sâat kılarsın hemdemi
Âh ü feryâdın Fuzûlî incidibdir âlemi
Ger belâ-yı aşk ile hoşnûd isen gavgâ nedir

Sorma benden meşreb-i rindân-ı bî-pervâ nedir
Matlab-ı bî-matlabân-ı vâdi-i sevdâ nedir
Tavr-ı mestân-ı şerâb-ı nergis-i şehlâ nedir
Öyle ser-mestem ki idrâk etmezem dünya nedir
Men kimem sâkî olan kimdir mey ü sahbâ nedir

Tam bir acz. Korkusu olmayan, pervasız rindlerin, yani aşk ehl-i (sarhoş) kişilerin yolu, mesleği, davranışları nasılsır diye sormayın. Ben bilemem! Sevda vadisinde taleb edenlerin taleb ettiği şey nedir. Onlar ne ararlar, neyin peşindedirler bilemem. Böyle şaşı bakışlı âşıkların tavrı nedir diye sorarsanız da bilemem.

Aklım başımdan öyle gitmiş ki, bilemiyorum dünya nedir? Aciz kaldım. Ben kimim, sâkî kimdir, içki nedir, kadeh nedir bilemiyorum.

Çerhden tab'-ı hüner-pîrâ içün kâm isterem
Özge nâ-kâmım ki ol rüsvâ içün kâm isterem
Kâfir-i bî-dînden Mevlâ içün kâm isterem
Gerçi cânândan dil-i şeydâ içün kâm isterem
Sorsa cânân bilmezem kâm-ı dil-i şeydâ nedir

Saadeti, mutluluğu her yerde arıyorum, soruyorum ama esasen sevgiliden, çılgın gönlüm için bir seadet, mutluluk istiyorum ama, cânan dönüp sorsa 'sen ne istiyorsun' diye; ne istediğimi bile söyleyemiyecek durumdayım.

Gamzesinde münderic sırr-ı celâl ü hem cemâl
Hatt-ı pür-şûr ile fikr-i bî-me'âlim pür melâl
Haşre dek peyveste olmak yâ neden bu kîl-ü kâl
Vaslدan çün âşık-ı müstağni eyler bir hayâl
Âşıka ma'şûkdan her dem bu istiğna nedir

Hani Niyâzi-i Mısrî hazretlerinin 'peydâ' redifli bir gazeli var. Orada ;

Tecellî eyler ol dâim celâl ü geh cemâlinden
Birinün hâsılı cennet birinden nâr olur peydâ

Allahü Teâlânın Celâli tecelli ettiğinde Cehennem, Cemâli tecelli ettiğinde Cennet demektir. Birinden Cehennem hasıl olur. ***Gamzesinde münderic sırr-ı celâl ü hem cemâl***

Yani o bakışda o da vardır işte.

Vasf-ı hüsnü pâk ü müstesnâ bilen ârif değil
Kadd-i yârı cümleden bâlâ bilen ârif değil,
Öz vücûdün âlem-i kübrâ bilen ârif değil
Hikmet-i dünya vü mâfihâ bilen ârif değil
Ârif oldur bilmeye dünya vü mâfihâ nedir

Sevgilinin güzelliğini, tertemiz ve müstesna bilen arif değil. Yâr'in boyunu herkesden yukarıda bilen, yüksek bilen arif değil. Kendi vücûdunu, kendi varlığını büyük âlem bilen de arif değil. Tasvvufi bir ibare var burada. ***İnsan küçük âlem, âlem büyük insan. Seyr-i âfâki, Seyr-i Enfüsî.*** Dışarıyı dolaşmak, içeriyi dolaşmak...

Nakd-i ömrünle değişdinse eğer dâğ-ı gamı
Levh-i sînenden silersin nakş-ı kayd-ı merhemi
Tab'-ı Gâlible hemân sâat kılarsın hemdemi
Âh ü feryâdın Fuzûlî incidibdir âlemi
Ger belâ-yı aşk ile hoşnûd isen gavgâ nedir

Ömrünün her şeyini vererek, üzüntü, gam sebebiyle dağlanma yarası gibi bir derdi satın aldınsa. Kalp aynandan çeri çöpü siler kurtulursun. Sohbet ehliyle, kâmil kişiyle bir arada olmuş olur, onun zamanını paylaşırsın. Ona benzersin.

Ey Fuzûlî, senin ahın feryadın, çığlıkların boşuna. Durduk yere rahatsız ettin, incittin alemi. Eğer aşk belasından memnunsan, peki bu feryat nedir?

Esrâr Dede derki;

Davasını terk eylesin bülbülde fedâ yoktur
Bir nükteciği aşkın pervânede kalmıştır

Söyleyin diyor bülbül'e. Aşk davasından vazgeçsin. Gürültü yapıyor ama feda yok. Bir şey vermiyor. Aşkın bir nükteciği kaldıysa pervanede kalmıştır. Geliyor muma kendini yakıyor, feda ediyor.

Benim Efendim

Efendimsin cihânda itibârım varsa sendendir
Miyân-ı âşıkânda iştihârım varsa sendendir

Benim feyz-i hayatım hâsılı rûh-ı revânımsın
Eğer ser-mâye-i ömrümde kârım varsa sendendir

Veren bu sûreti mevhûma revnâk reng-i hüsnündür
Gülistân-ı hâyâlim nev-bahârım varsa sendendir

Felekden zerre mikdâr olmadım devrinde rencîde
Ger ey mihr-i münevver âh u zârım varsa sendendir

Senin pervâne-i hicrânınım sen şem-i vuslatsın
Beher şeb hâhiş-i bûs u kenârın varsa sendendir

Şehîd-i aşkın oldum lâlezâr-ı dağdır sînem
Çerâğ-ı türbetim şem-i mezârım varsa sendendir

Gören ser-geştelikde gird-bâd-ı deşt zanneyler
Fenâ-ender-fenâyım her ne varım varsa sendendir

Niçün âvâre kıldın gevher-i galtânın olmuşken
Gönül âyinesinde bir gubârım varsa sendendir

Şafak-tâb eyledin peymânemi hûn-âb ile sâki
Sabah-ı sohbet-i meyden humârım varsa sendendir

Sanadır ilticâsı Gâlib'in yâ Hazret-i Monlâ
Başımda bir külâh-ı iftihârım varsa sendendir

Bu manzumeyi Hazreti Mevlânâ'ya yazdığı anlaşılıyor son beyitte.

Efendimsin cihânda itibârım varsa sendendir
Miyân-ı âşıkânda iştihârım varsa sendendir

Âşıklar arasında bir tanınmışlığım, şöhretim varsa sendendir. Efendim sensin, beni öven seni över. Medh-i nakış, nakkaşa râcîdir. Ne diyor Hazreti Peygamber aleyhisselam; Eshâbımı kötüleyen bana buğz etmiş olur. Neden? Çünkü; o yetiştirdi onları...

Benim feyz-i hayatım hâsılı rûh-ı revânımsın
Eğer ser-mâye-i ömrümde kârım varsa sendendir

Benim hayatımın feyzi, kaynağı sensin. Yürüyen ruhum enerjisini senden alıyor. Varlık sebebi sensin. Bu ömrümde şu kadar bir kârım varsa sendendir.

Veren bu sûreti mevhûma revnâk reng-i hüsnündür
Gülistân-ı hâyâlim nev-bahârım varsa sendendir

Bir güzelliğim varsa o da sendendir. Sana benzediğim içindir. Bir kütükten klasik bir mobilyayı usta yapar ya! Beni de bu hâle sen getirdin.

Bir Allah dostu diyor ki; Yemin ederek söylüyor; Sağımdaki meleğin yazacağı hiçbir şey yok, boş boş oturuyor. Yaptığım hayır hasenat ne varsa onu bile soldaki melek yazıyor, buna eminim diyor. Sonra merak edenler sormuşlar nedir bu sözün hikmeti diye;

- Hayır, iyilik namına yaptıklarım, gördüklerim hep üstadımı taklittir. Ona bakıyoruım hep ve ondan öğreniyorum. Yoksa insanlığı nereden bilecektim... O yüzden güzel bir çığır açan sahiptir, sonra o yolda gidenlerin ecri ona aittir diyor. Bana bir şey yazılırsa onun bereketi olarak, sofrasının artığı olarak yazılır. Ama günahlar benimdir, onları kimsenin üstüne yıkamam. O yüzden diyorum sağdaki boş oturuyor, soldaki sürekli yazıyor diye...

Ve hayalimde bir gülbahçesi, bir güzellik varsa ilkbaharım ve sonbaharım varsa o da sendendir diyor.

Felekden zerre mikdâr olmadım devrinde rencîde
Ger ey mihr-i münevver âh u zârım varsa sendendir

Senin devrinde, senin etrafında bulunduğum, seninle ilgili olduğum hayat süresince hiçbir şekilde rencide olmadım, en küçük bir şikâyetim bile yok. Ama bir âh-u zâr ediyorsam hasretimdendir. Seni az görüyorum, seni göremiyorum diye bir şikâyetim var. Yoksa seni gördüm insan oldum...

Öyledir tabi. İnsan iyi bir model görmeden kendini iyi zanneder. İnsan tabiatı bu. Ama görürse işler değişir.

Senin pervâne-i hicrânınım sen şem-i vuslatsın
Beher şeb hâhiş-i hûs u kenârın varsa sendendir

Sen bir yanan vuslat mumu, ben de onun etrafında dönen pervaneyim. Her gün ve gece bir arada olmak, ayrılmamak ve sohbet halinde olmak arzum varsa bu da sendendir.

Şehîd-i aşkın oldum lâlezâr-ı dağdır sînem
Çerâğ-ı türbetim şem-i mezârım varsa sendendir

Bu yolda aşkının şehidi oldum. Sînem yaralarıyla âdeta bir lale bahçesine döndü. Eğer kabrim nur saçıyorsa, karanlıklardan kurtulmuşsam bu da senin sayende olmuştur.

Gören ser-geştelikde gird-bâd-ı deşt zanneyler
Fenâ-ender-fenâyım her ne varım varsa sendendir

Beni böyle serseri gibi dolaşıyor, yolunu şaşırmış olarak görebilirler. Yokluk içinde yokum ben ama neyim varsa sendendir. Hani başka bir şiirinde diyordu ya yine Gâlib merhum;

Hîçim ü hîç değilden de velî ednâyım
Zerre-i hâk-i der-i hazret-i Mevlânâ'yım

Niçün âvâre kıldın gevher-i galtânın olmuşken
Gönül âyinesinde bir gubârım varsa sendendir

Beni kendinden uzak tuttun. Senin etrafında gözyaşlarım inci gibi yuvarlanır oldu. Senden uzak kaldığım için gönlümün aynası tozlandı. Tek derdim senden ayrı olmak.

Şafak-tâb eyledin peymânemi hûn-âb ile sâki
Sabah-ı sohbet-i meyden humârım varsa sendendir

Akşamdan şarap içtim, sabahına başım ağrıdı. Görünen mana bu. Şarap içilen akşam Bezm-i elesttir. Uyanılan sabah Dâr-ı dünya. Kanlı bir şarap ile doldurdun kadehimi ey sâki. Sohbetinin sabahında bir türlü kendime gelememişsem o da sendendir.

Sanadır ilticâsı Gâlib'in yâ Hazret-i Monlâ
Başımda bir külâh-ı iftihârım varsa sendendir

Gâlib'in ilticası (sığınması) sanadır Yâ Hazreti Mevlânâ. Benim eğer iftihar edeceğim, övüneceğim bir şeyim varsa, bu da bana, senin lütfundur.

Üstada muhabbet te böyle olur. Mevlevî şairlerde özellikle bunu çok güzel görüyoruz. Keçecizâde İzzet Molla'da istisnasını görmedim, her gazelinin sondan bir önceki beyitine imzasını atar (kendi mahlası orada yer alır) sonraki beyitte de Hazreti Mevlânâ, Şems-i Tebrîzî ve Selâhattin Zerkûb gibi büyüklerin ismi geçer ve Şeyh Gâlib'in de ismini gördüm.

Lâ Edrî...

Ben yine bir dilber-i ra'nâya oldum mübtelâ
Kaddi dil-keş bir nihâl-i yâre oldum mübtelâ
Ben hele bir lâhza ârâm eyleyem dünyada kim
Aşk derler pür cefâ bir dosta oldum mübtelâ

Klasik üslûba son derece uygun meçhûl şairimizin bu dört mısraında da yine aşkın hiç aman vermeyen tavrını, vazgeçilmez bir tutku seviyesini ve şiddetini görüyoruz. "Yine" derken, ilk mısrada "yine" diyor.

Ben yine bir dilber-i ra'nâya oldum mübtelâ

Çok güzel bir sevgiliye mübtelâ oldum yine, düşkün oldum, aşka düştüm. "Yine" dediğine göre bu ilk değil. Böyle bir mûzip edâ ile başlamış. Daha önce de olmuştu; yine bir dilber-i rânâya oldum mübtelâ.

Kaddi dil-keş bir nihâl-i yâre oldum mübtelâ

Nihâl fidan demek, taze fidan. Yârin boyu o taze fidana benzetilir genellikle. Dil-keş gönül çeken demek. Bugünkü Türkçemizde de kullanıyoruz. Hani "esrâr-keş=esrâr çeken", "cefâ-keş=cefâ çeken" gibi. Boyu gönül çeken, bir tâze fidan gibi olan yâre oldum mübtelâ. Sonra bir başka nükte ile devâm ediyor:

Ben hele bir lâhza ârâm eyleyem dünyada kim
Aşk derler pür cefâ bir dosta oldum mübtelâ

Bir müddet dünyada kalmam iyi olur, hani biraz bekleyeyim, gitmekte acele etmeye lüzum yok. Çünkü, çok cefâlar veren bir sevgiliye mübtelâ oldum, işim çok yani. İşim çok. Dünyadan ayrılmamak için de gerekçe gösteriyor. E "Hüsn-i tâlil" de buna dense gerek. Güzel sebebe bağlıyor. Ölmek istemiyor da gerekçesi yüce bir mes'ele, aşk. Yani cefa toplaması lazım biraz. Efendim klâsik şi'rimizde bu çok önemli bir nüktedir. Mizâhî gibi görünen bir tarzda ifadelendirilir ama, insanın hayatının aslında özetini verir. Şunu demek istiyorum; bir başka şair, Şâhidî, Muğlalı Şâhidî şöyle diyor:

Şâhidî derd ü belâdır şâhid-i aşk ü velâ
Sebt-i dava etmeye bürhâne gelmişlerdeniz

Burada diyor ki; bu dünyada aşkın ve dostluğun, velânın, velîliğin delilleri, kanıtları dert ve belâ çekmektir. Çok eski bir söyleyişi hatırlatıyor;

Derd ü belâ kemend-i mahbûbtur.

Sevilenleri avlamak için atılan kement dert ve belâdır. Yani; dert ve belâ imtihanına girip çıkmalıdır ki aşk sabit olsun, dostluk sabit olsun. Yani altının sahtesi ile hakîkîsi birbirinden ayrılsın. İşte o davanın delillerini toplamak için dünyadayız, dünya hayatımızdan maksat odur. O yüzden geldik, başka bir işimiz yok.

Sebt-i dava etmeye bürhâne gelmişlerdeniz

Biz dava dosyasına yeterli delilleri toplamak için dünya hayatımızı sürdürüyoruz.

"Ben yine bir dilber-i ra'nâya oldum mübtelâ
Kaddi dil-keş bir nihâl-i yâre oldum mübtelâ
Ben hele bir lâhza ârâm eyleyem dünyada kim
Aşk derler pür cefâ bir dosta oldum mübtelâ"

Evet aşk pürcefâ bir süreçtir. Üç mertebeden bahsedilir sevgid. Muhabbet, aşk, dert. Muhabbet sâhibi o ki; sevdiğini görmekle memnûn, görmezse kaydında değil. Aşk sâhibi o ki; sevdiğini görmekle memnûn, görmezse mahzûn. Dert sâhibi o ki; görse de mahzûn, görmese de mahzûn. Yani aşk baştan başa cefâ, çile çekmeyi gerektiren bir yolculuktur, kendisinden başka yardımcısı da yoktur ve o aşk ıztırâbında yanıp, tükenip, eriyip gitmek, mum gibi yok olup gitmek en büyük fazilet ve en yüce mertebedir.

"Ben hele bir lâhza ârâm eyleyem dünyada kim
Aşk derler pür cefâ bir dosta oldum mübtelâ"

Sevgiliden, dosttan yalnız cefâ gelir. Cefâdan başka bir şey beklemek bu ilme vâkıf olmamaktır. Hani şair der ya, Fuzûlî;

"Fakîh-i medrese ma'zûrdur inkâr-ı aşk etse
Yok özge ilmine inkârımız bu ilme câhildir"

Yani diyor, zâhir ilmini bilenler aşkı inkâr etseler ben onları yadırgamam, haklıdırlar. Sair konulardaki derinliklerine, ihtisaslarına sözümüz yok ama aşk ilminin mütehassısı biziz, bizim dediğimiz burada geçer. Yani bu; cefâ çekmeyi sürekli kılan, hiç vazgeçilmemesi, şikâyet edilmeden çekilmesi gereken cefâlardan ibâret bir yolculuktur vesselam. Bundan şikâyet etmek, bundan inlemek, âh etmek, insanlara mâlûm etmek, ona buna anlatmak suç sayılır. Ve öyle büyük bir suçtur ki; gönül suçu olduğu için, derûnî bir suç olduğu için cezâsı da çok ağırdır. Allâh dost başına vermeye.

"Nice doyunca görem sen gibi nâzik bedeni
Kendi kirpiğim olupdur bana gözüm dikeni
Çıkmasın âhım odu ağzımı açtırma benim
Yakmasın sûz-i derûnum seni söyletme beni"

Şairimiz, meçhûl şairimiz bu dört mısrada da yine aşkı çok yüce ifadelerle, çok zarîf bir üslûb içerisinde anlatmış. "Doyuncaya kadar, kanıncaya kadar, artık yeter deyinceye kadar seni nasıl göreyim, senin nâzik bedenine nasıl bakayım. Buna tahammül getirmek mümkün değil ki" diye başlıyor. Efendim aşkın husûsiyetidir, özelliğidir; seven sevilende yok olur. Sevilenin güzelliği öyle büyük bir güçtür, kudrettir ki ve âşık O'nun karşısında o kadar âcizdir ki klâsik şi'rimizde bu benzetmeler dâimâ sevgiliyi en mütevâzı hâliyle pâdişâh mevkîinde görerek başlar. Meselâ büyük şair, burç şairlerimizden Necâtî Bey (ki Sultan Fatih devrinde yaşamıştır) artık bu pâdişâh-köle karşılaştırmasını da yetersiz bularak bir toz zerresi ile güneş mukayesesine girmiştir:

Gönül cemâl-i muanber-nikâb ile oynar
Hakîr zerreyi gör ki âfitâb ile oynar

Zavallı gönlüm diyor sevgilinin yüzünü örten nikâb, yüzünü örten o örtü, zarîf, kısmen saydam o örtü ile oynar, onunla avunur. Dikkat buyurulsun lütfen; sevgilinin cemâlini hatırından geçirmek, ağzına almak cesâret işidir. Onu yapamıyor, o yüzü örten örtü ile avunur, oyalanır diyor. Ve fakat bu bile yerden kalkmış alelâde bir toz zerresinin güneşle oynaşmasına benzemektedir. Güneş nerede, o toz zerresi nerede? Yani bakmaya tahammül getirmek, dayanmak mümkün değildir. En büyük arzûsu O'nu görmektir ama görmeye de dayanacak can yoktur. Fuzûlî'nin de Su Kasîdesi'nde dediği gibi;

Vehm ilen söyler dil-i mecrûh peykânın sözün
İhtiyât ilen içer her kimde olsa yâre su

Ben diyor kılıç yarası ile ölmek üzere olan bir hastanın o yüksek harâretiyle su istediği gibi sevgiliyi istiyorum ama,

O'nun bakışlarını arzuluyorum ama bunu söyler ve düşünürken bile korkmaktayım. Çünki; kılıç yarası alan zavallı ölümcül hasta kana kana âniden su içecek olursa bu defa sudan ölür. Yani dayanılmaz bir tecellîdir sevgilinin cemâli.

Nice doyunca görem sen gibi nâzik bedeni
Kendi kirpiğim olupdur bana gözüm dikeni

Gözlerindeki kirpikler bile sevgilinin cemâline bakmasına engel teşkîl etmektedir, diken gibidir hatta. Şu dengeye bir bakın sevgili okurlar:

Sevgilinin kirpikleri cana batan oklardır, müjgândır. Vasfında kelimeler yetersiz kalır, söylenecek söz bitmez ama âşık kendi kirpiklerinden bahsederken onu diken diye tavsîf eder, diken diye adlandırır vesselam. Tabîi bu aşkın gerektirdiği, mecbur kıldığı tevâzunun bir görünüşü ise de aynı noktadan hareketle bâzen de şairlerimiz şöyle deyiverirler.

Sohbetimden âr edip ey gül beni terketme kim
Gül olur efsürde terk-i sohbet-i hâr eylegeç

Muazzam bir nükte. Ey sevgili benim sohbetimden utanıp da benden uzakta kalma, gerçi gözlerim diken gibidir, ben diken gibiyim daha doğrusu. Ben diken gibiyim, sen ise erişilmez güzellikteki gülsün ama benden ayrı kalmak sana da yaramaz. Bilirsin ki dikenlerinden ayrılan gül perîşan olur, dağılır gider.

Sözümüze, şairimizin mısralarına dönelim tekrar.

"Çıkmasın âhım odu ağzımı açtırma benim
Yakmasın sûz-i derûnum seni söyletme beni"

Efendim; şi'rimizde âşık devâmlı ağlayan göz ve durmadan yanan kalp demektir. Su ile ateşin bileşimidir yani. Kalbi hep yanmakta, gönlü hep yanmakta olduğu için de arasıra, gayr-i ihtiyârî olarak, kontrolsüz bir şekilde "âh" edişleriyle ağzından duman çıkar. Ateş olmayan yerden duman çıkar mı? İçi yanmakta olduğu için "âh" derse duman çıkar. "Âh" dememek için bütün sabrını gösterir, irâdî olarak şikâyet etmez. Çünki "âh" etmek şikâyet etmektir, yakışmaz, yapmamalıdır ama gayr-i irâdî olarak bunu yaptığı zaman da ağzından duman çıkar, dumanın içinde de kıvılcımlar vardır.

Ey sevgili! diyor. Bana "âh" dedirtme. Korkum şu ki; yandığım bir şey değil, benden duman çıktığı da gâm değil ama çıkan ateş seni yakar diye korkuyorum, seni yakmaktan korkuyorum. Geliniz Şeyh Gâlib'i hatırlamayınız bu noktada. Der ki; bir defâ "âh" etmesine dayanamadın bülbülün, ey gül! Yandın, kül oldun. Mâdem bu kadar tahammül getiremeye- cektin, öyle zor durumdaydın da, bu ateşin bu kadar derin olduğunu, bu kadar yakıcı olduğunu biliyordun da ne demeye yaktın. Ne demeye yaktın zavallı bülbülü. "Âh" edeceği, ateş çıkaracağı belli değil miydi?

Yokmuş bir âha ey gül-i rânâ tahammülün
Bağrın ne yaktın âteş-i hasretle bülbülün
Yek-rengdir zebân-ı hakîkatda hüsn ü aşk
Bang-ı hezâr bir şûlesidir âteş-i gülün

Madem dayanamayacaktın niye yaktın? Âşık ile mâşukun rengi ikisi de kırmızıdır. Biri gülün kırmızısı, biri kanın kırmızısı. Onun seni yakacağı ve senden aldığı ateşi sana iade edeceği belli değil miydi?" diye sözü bağlıyor efendim.

Düştükçe sefâ eyleyelim sizde ve bizde
Ammâ ki hilâf etmeyelim va'deye sizde
Şöyle basalım ayağımız rûy-i zemîne
Düşman nazar ettikte eser bulmaya izde

Meçhûl şairimiz bu defâ; şu âna kadar aşkın husûsiyeti olarak çile çekmek, gâm, dert çekmek, hiç yüzü gülmeden, hep ağlayarak, içi yanarak yaşamak, bunu hayat tarzı hâline getirmek ama o ağlamaktan, o ıztırâbtan lezzet almak şeklinde süregiden aşkın vuslatından bahis açıyor, safâdan dem vuruyor. Gerçi şair;

Safâdan dem uran hem-demleri ehl-i riyâ gördüm

der. Yani; "bu dünyada safânın kim bahsini ediyorsa gerçek olmayan, var olmayan bir şeyden bahsettiği için riyâ ehlidir, nazar-ı i'tibâre almam, tecrübelerim bana bunu gösteriyor" diyor ise de bu defâ hayâlî de olsa, farazî de olsa, arzu plânında kalsa, hiç gerçekleşmese de vuslatdan, kavuşmaktan, safâdan biraz da bahsedilir. Bu da âdettendir, gelenektendir.

Düştükçe sefâ eyleyelim sizde ve bizde

Yani; kavuşmak eğer mümkün olursa, nasîb olursa (pek beklenen bir şey değildir ama olursa) hem sizde hem bizde fırsatı fevt etmeyelim, kaçırmayalım, bir araya gelelim, kavuşalım. Aşkın ıztırâbına, firkatin acısına tahammül etmemizin karşılığı olarak vuslatın, kavuşmanın da lezzetini idrâk edelim ey sevgili.

Ammâ ki hilâf etmeyelim va'deye sizde

Tabîi yine bir tereddüt ve şüphe de var. Yani; "sıra size geldiği zaman devreye naz girer, istiğnâ girer, tecâhül, tegâfül girer, bilmezden gelmek girer ve olacak zannettiğiniz vuslat son anda olmayıverir. Hep bundan korkarım. Ne olursun bu defa öyle olmasın, vuslatın meyvesinden mahrûm etmeyesin" diyerek âşık mâşuka yalvarmaktadır. Ve demektedir ki;

Şöyle basalım ayağımız rûy-i zemîne

Yeryüzüne öyle basalım ki birlikteyken (berâber hırâman ederken, birlikte yürürken), vuslat hâlindeyken yeryüzüne dikkatli basalım, yumuşak basalım, iz bırakmayalım. Tâ ki düşman bizi tâkip ettiğinde, izlerimizi sürmeye kalktığında bir şey bulamasın. Yani arkamızda bizi tâkip edenler eksik olmayacaktır. Çünki aşkın tabiatıdır, düşmanı çoktur, rakîbler sayısızdır. Buna karşı da dikkatli olalım ki iz bırakmayalım. Efendim; vuslatın, daha doğrusu aşkın tamâmen gizli yaşanması gerektiği klâsik edebiyâtımızın, klâsik kültürümüzün vazgeçilmez bir emridir. O kadar kesin bir emirdir ki bu. Meselâ Muâllim Nâci şöyle ifade eder:

Aşka şöhret hüsne mestûrî olur revnâk-fezâ
Sen ol ey mihrim hüveydâ sen kal ey mâhım nihân

Aşka şöhret yaraşır. Âşığın ıztırâbı herkesçe bilinmelidir. Onun feryâdı göklere ulaşmalıdır, yakışanı budur ama güzelliğin de gizli olması icâb eder. Örtülü olmalıdır, saklanmalıdır. O halde; ey güneşim sen açığa çık seni görmeyen kalmasın ve ey ayım ("mâh" ay demektir) sen de gizlen seni kimse görmesin. Gündüzün ve gecenin tabiatı. Şair Hayâlî Bey der ki;

Hâlet-i aşkı hikâyet kıl zebânın duymasın

Öyle bir anlat ki aşkın hikâyesini senin dilin dahi duymasın, senden bile gizli olsun. Gizliliği, sır tutarak yaşanması gereken aşkı ifade etmek herhâlde insan eliyle ve diliyle ancak bu çapta olabilir. Bir diğer büyük şairimiz, mutasavvıf şairimiz Fasîh Ahmed Dede ise şöyle ifade ediyor. Diyor ki;

Geceler azmettiğim ol yâre sâyem havfidir
Bir tarîk ile kabûl etmez mehabbet şirketi

Dostlar! Ben sevgiliye gündüz gitmiyorum, geceleri gidiyorum. Çünki; gündüz gidersem herkesten sıyrılarak ve yalnız gitmem lazım. Çünkü aşkın emri öyledir, kanun öyledir, yalnız olmalıdır. Herkesten kurtulsam, sıyrılsam, herkesi bir tarafa bıraksam bile gölgem bana hem-pâ düşüyor, gölgem yanımda oluyor. Aşk ise öyle bir şeydir ki, hiçbir yolla ortaklığı kabûl etmez. Gölge de yanımda olmasın diye gece gidiyorum. Eski deyişle tecerrüd, yeni deyişle soyutlama dediğimiz kavramı insanoğlu daha derinlikli, daha nicelikli nasıl anlatabilir? Bilmiyorum. Geceleri gitmemin sebebi, gölgemden de kurtulmak içindir. Ya da Hayâlî Bey'in deyişiyle

Hâlet-i aşkı hikâyet kıl zebânın duymasın

Ve şairimizin deyişiyle;

Şöyle basalım ayağımız rûy-i zemîne
Düşman nazar ettikde eser bulmaya izde

Öyle yalnız, öyle tecrit hâlinde, öyle gizli yaşayalım ki kimse duymasın. Bir halk türküsünde de benzer şekilde söylenmez mi sevgili okurlar, bilmez misiniz?

Yâr adını desem olmaz, düşer dillere dillere

Dile düşmesi istenmez. Şeyh Gâlib de bir gazelinde öyle söylemektedir, der ki;

Çarha feryâdı tanîn-endâz olursa gam değil

Âsumanı titretse, gökyüzü o gürültüyle, âşığın feryâdı ile inlese gam değil ammâ,

"Bâis-i feryâdı meşhûr olmasın bir kimsenin"

Elverir ki âşığın hangi sebeple feryâd ettiği dillere düşüp ayân olmasın, insanlar bilmesinler, gizli kalsın aşk. Çünki, kânun öyle...

Muallim Nâci

İçli ve yakıcı bir üslûbu vardır Muallim Nâcî merhumun. Oldukça genç (1850-1893) vefat etmiştir. Asıl adı Ömer'dir. Mes'ûdî, Harabî mahlaslarını da kullanarak şiirler yazmıştır. Kayınpederi Ahmet Midhat Efendi'nin çıkardığı Tercüman-ı Hakikat'te yazdı.

İhtirâz-ı ta'neden kalmakdadır âhım nihân
Bir hakîkat kalmasın âlemde Allah'ım nihân

Bî-hod eylerdi temâşâ-yı cemâlin âlemi
Dîdelerden kalmasan ey cân-âgâhım nihân

Aşka şöhret hüsne mestûrî olur revnâk-fezâ
Sen ol ey mihrim hüveydâ sen kal ey mâhım nihân

Bakalım Nâcî merhum ne demiş:

İhtirâz-ı ta'neden kalmakdadır âhım nihân
Bir hakîkat kalmasın âlemde Allahım nihân

Onun bunun diline dolanmaktan çekindiğim için hissiyatımı açığa vuramıyorum. Allah'ım! Hiçbir hakikat gizli kalmasın.

Aşka şöhret hüsne mestûrî olur revnâk-fezâ
Sen ol ey mihrim hüveydâ sen kal ey mâhım nihân

Sevgiliyi (daha doğrusu güzelliği) aya, aşkı ise güneşe benzeterek diyor ki; "Aşkın herkesçe bilinmesi, şöhret bulması yaraşır, güzelliğin ise örtülü olması esastır. Öyleyse ey sevgili sen gizli kal gözlerden, kimse görmesin seni; benim aşkım ise âleme şöhret salsın.

Tabiî şöhret bulan aşk, âşığa türlü belâlar getirecektir. Şairimiz o belâlara baştan razı olduğunu ilân etmekte, gayrıların gözünden sakındığı sevgilinin ise gizli olmasını gayret (kıskançlık) ile talep etmekte; ancak bunu çok güzel bir sebebe bağlamakta ve gerekçelendirmektedir: "Hüsne mestûrî yaraşır."

Şeyh Gâlib'in benzer iki mısraı var ki muhteşem:

Çarha feryâdı tanîn-endâz olursa gam değil
Bâis-i feryâdı meşhûr olmasın bir kimsenin

Aşığın feryadı gökleri inletse problem değil; yeter ki feryâdının sebebi dile düşmesin.

'Yar adını desem olmaz / Düşer dillere dillere'

Arz eder sîmâ-yı resmim gönlümün maksûdunu
Kalsa da zîr-i leb-i hâmemde dil-hâhım nihân

Kalemimin dili altında kalsa da yani yazamasam da, ehil olan halimden anlar gönlümün maksadını. Yunus Emre hazretleri diyordu değil mi: Deprenmeden dil dudak / Sözü işiten gelsin.

Bî-hod eylerdi temâşâ-yı cemâlin âlemi
Dîdelerden kalmasan ey cân-âgâhım nihân

Ey sevgili! Eğer gözlerden gizli olmasaydın, bütün âlem güzelliğinin seyrinde kendini kaybederdi.

Allah aşkını terennüm ettiği bu son beyitle apaçık meydanda değil mi?

Söylesin...

Oldu cân hem-bezm-i cânân dinlemem sussun cihân
Gûş-i cânım dinlesin ârâm-ı cânım söylesin

Bir zemân ben söyledim kim bildi bundan böyle de
Gönlümün hâlin yıkılmış hânümânım söylesin

Meşhedim mahşer kesilmiş bende yok sözden eser
Kıssa-i rengînimi hûn-ı revânım söylesin

Ben nihân oldumsa âsârım nihân olmaz durur
Şânımı ahlâfa sît-i câvidânım söylesin

Bir zemân olsun bana seng-i mezârım tercemân
Ben yoruldum söylemekten tercemânım söylesin

***

Oldu cân hem-bezm-i cânân dinlemem sussun cihân
Gûş-i cânım dinlesin ârâm-ı cânım söylesin

Sevgili ile buluştum. Artık kimseyi dinleyemem; herkes sussun. Can özüm söyleyecek, can kulağım dinleyecek.

Bir zemân ben söyledim kim bildi bundan böyle de
Gönlümün hâlin yıkılmış hânümânım söylesin

Hayli zamandır ben söyledim; anlayan oldu mu? Bundan böyle viran olmuş evim- ocağım söylesin artık.

Meşhedim mahşer kesilmiş bende yok sözden eser
Kıssa-i rengînimi hûn-ı revânım söylesin

Kabrim mahşer yeri gibi sessizdir. Artık benim renkli hikâyemi akan kanım anlatsın.

Ben nihân oldumsa âsârım nihân olmaz durur
Şânımı ahlâfa sît-i câvidânım söylesin

Ben kabre girer, gözden gizlenirim ama eserlerim kalacaktır. Bizden sonrakilere onlar anlatsın artık.

Bir zemân olsun bana seng-i mezârım tercemân
Ben yoruldum söylemekten tercemânım söylesin

Bir müddet de mezar taşım bana tercüman olsun. Ben söylemekten yoruldum, tercümanım söylesin.

Gözyaşı...

Günümüzde, modern çağlarda unuttuğumuz kavramlardan biridir ağlamak. Aslında ağlamanın kendisi değil de 'niçin'olduğu. O kadar unutulmuş, o kadar bizden uzak düşmüştür ki, sanki olmaması gereken bir şey, sanki bir zaafmış gibi görülür oldu. Tabi ağlamanın sebebi, hikmeti bilinmezse eğer bir zaaf gibi görünür. Oysa en yumuşak olan, en naif ve kırılgan olan en güçlüdür. Bir de 'erkek adam ağlamaz' diye üstüne basarak, başımız dik olarak söyleriz bu cümleyi. Gülen ağlar tabi. Eğer bir yerde gülmek varsa, ağlamakta yanındadır. Esasen ağlamasını bilmeyen gülmeyi ne bilsin!

İrfan ehline 'iyi insan nasıldır?' diye sorulduğunda; Gece ağlayan, gündüz gülendir derler. Ya da içi ağlarken yüzü gülen... Medeniyetimizin bize gösterdiği iyi insan modelidir bu. Öyle ya, hüzün ki en ziyade yakışandır bize.

Bilhassa divan şairlerimiz ağlamanın ve gözyaşının üzerinde çok durmuş, neden, nasıl ve niçin ağlamamız gerektiğini kendi hassasiyetlerince bizlere tarif etmişler. Sadece İstanbul'un değil, gönüllerin de fâtihi, sultanı olan aynı zamanda dev bir şair olan, 'Avnî' mahlasıyla şiirler yazan Fatih Sultan Mehmed Han bakın ağlamayı nasıl tarif etmiş;

Ağlasa 'âşık bela-yı hecr ile nâlân olup
Gözlerinden akan anuñ yaş yirine kan olup

Âşık dediğin, ayrılık acısıyla ağlamalıdır. Öyle bir ağlama ki; âdeta yaş yerine kan akıtarak ağlamalı. Dünya firkat yurdudur, ayrılık yeridir, derken nedenini de söylemiş oluyor.

İnsanoğlu muhakkak ağlar. Ya bugün ya da yarın. Ama yarın ağlamanın hiç çaresi yoktur. Giderken gülmenin çaresi bugün ağlamaktır.

Klasik şiirimizde âşık tarif edilse; su ve ateş'in bileşimi desek yeri var. Göz ağlıyor, gönül yanıyor. Ağlamak gülmenin kardeşidir ve gönül temizliği için elzemdir. Günahlardan dolayı kapkara olmuş kalbimizi gözyaşımız temizler. Evliyanın büyüklerinden Fudayl bin İyad hazretleri derki; Ağlamak, yalnız gözün ağlaması değil, kalbin de ağlamasıdır.

Yine Sultan Fatih der ki;

Ağlamakla dürr-i vasla tâlib oldum, ta'n değil
Eylese gavvâs olanlar bahr-i ummândan ümid

Ağlamak gözyaşını, gözyaşı suyu, sü da deniz'i çağrıştırır. Ben ağlıyorum, gözyaşı döküyorum. Sebep şu; inciye talibim. Arıyorum ve inci denizde bulunur. Ağlamadan o inciye, o murada kavuşmak mümkün değil. Denizler dolusu ağlamaktan maksadım *kavuşmak* adlı eşsiz inci tanesine kavuşmaktır; kınamayın; dalgıç inci arıyor diye kınanır mı hiç...

Konu gözyaşı olduğunda 15. yüzyıl şairlerimizden Halîlî-i Marâşî'nin 'ağlarım' redifli muhteşem gazelinden birkaç beyit'e bakmakta fayda var;

Âh edip her dem dirîğâ firkatim var ağlarım
Sabra tâkat kalmadı çün rikkatim var ağlarım

Kanda idim bunda geldim kanda gidem bilmezem
Akl u hûşum zâil oldu hayretim var ağlarım

Ün ider dâim ceres yükün tut ey gâfil deyû
Râhı bilmem râhatım yok rıhletim var ağlarım

Diriğa ibaresi edebiyatımızda hüznün üst perdesi olarak kullanılır. En büyük üzüntüler bununla ifade edilir.

"Bir ayrılık ızdırabı içinde ağlarım. Sabretmeye gücüm kalmadığı için kalbimde yumuşaklık var ve o yüzden ağlıyorum." Tabi bu ayrılık bezm-i elest'te başlayan ayrılıktı. Vuslatın ayrılığı. Çünkü dünya hayatı neticede elest meclisinde Hakiki sevgiliye olan aşkın ızdırabı, ayrılığıydı. Bu dünyada dökülen gözyaşları aslında farkında olunsa da olunmasa da O'na dairdir.

Kanda idim bunda geldim kanda gidem bilmezem
Akl u hûşum zâil oldu hayretim var ağlarım

Neredeydim? Bilmediğim bir yerden işte buraya (Dünyaya) geldim. Buradan da bilmediğim bir yere gidileceğini anladım, aklım, kabiliyetim zâil oldu ve gözyaşımdan başka bir çarem kalmadı hayretimden ağlarım." diyerek geçirmiş olduğu yolculuğa işaret ediyor.

Ün ider dâim ceres yükün tut ey gâfil deyû
Râhı bilmem râhatım yok rıhletim var ağlarım

'Ceres' dediği de, deve çanıdır. Uzun çöl yolculuklarında kervanın önündeki devenin boynunda asılı olan ve sağa-sola devamlı sallanan çan. Ve o yolculuğa iştirak edenlerin biteviye duyacağı ses o çanın sesidir. O duyulan ses sanki hayatın da bir özeti gibidir. Çünkü o 'ceres' denen çandan biz de taşıyoruz ki; şairimiz de bundan bahsediyor. Göğsümüzde, sol tarafta, aralıksız tik taklarıyla bize yolculuğu daima hatırlatan, bitmek üzere olan yolculuğu hatırlatan kalptir o ceres...

Kalbim bana sürekli 'Ey gafil yükünü hazırla, yolculuk bitmek üzere.' diye hatırlatıyor. Ben de dönüp bakıyorum ama hey hât hazırlık yok. Yolu bilmiyorum, bu yolculuk boyunca rahatta etmedim. Fakat bu yolculuk zaruridir ve çaresiz ağlıyorum. Ağlamaktan başka bir şeye de gücüm yetmiyor.

Ve Urfalı Yusuf Nâbî;

Oldu sermâye-i hayret bana bîm ü ümmîd
Bilemem eyliyecek girye midir hande midir

Bize verilen bu ömür, bir gün sona erdiğinde bu dünyadan giderken, gülerek mi yoksa ağlayarak mı gideceğim? İşte bu belirsizlik ömrümü harcadığım bir hayret sebebi oldu. Korku ve ümit arasındaki gidiş geliş...

İnşallah hande olur, gülerek gideriz bu dünyadan ki; son gülen iyi güler...

Gözyaşının ne olduğunu kâmil manada anlamayı Allah bize nasib etsin...

Eskisi Gibi Değil

Her vesileyle ifade etmeye çalıştığımız üzere bu beytlerde geçen ney, mey, meyhane gibi kelimeler lügatte gördüğümüz manâlarda kullanılmaz. Klasik şiirimizin en belirgin vasıflarından biridir bu ve meselâ: 'ney' ile kâmil insan; 'mey' ile ilâhî aşk; 'meyhâne' ile o aşkın talim edildiği, paylaşıldığı meclis veya dergâh kast edilir.

Ney o ney, hem-dem o hem-dem, sohbet ol sohbet değil
Mey o mey, âlem o âlem, işret ol işret değil

Dâmen-i rahmet denir bir şey silerdi ekşimi
Şey o şey, dîdem o dîdem, rahmet ol rahmet değil

Dâğ-ı sînem merhem-i ihsân ile bihbûd idi
Key o key, sînem o sînem, sıhhat ol sıhhat değil

Şimdi Tay Hâtemleri sirkatle olmuş nâm-dâr
Tay o Tay, Hâtem o Hâtem, himmet ol himmet değil

Avniyâ meyhâneye gitdim bugün ammâ çi sûd
Mey o mey, âlem o âlem, işret ol işret değil

En etkileyici şairlerimizden biri olan ve 1884 yılında vefat eden Yenişehirli Avni Bey'e ait bu mısraları geçenlerde bir dost meclisinde okuyunca, dostlardan birinin samimi talebi üzerine şu satırları karalamak gerekti. Fakat bu o kadar çetin bir iş ki, izahat niyetine yazacağımız şeyler, ancak anlayamadığımızın ikrârı olacak.

Bambaşka bir edası var şairimizin; aşağıdaki beytler de ona ait.

Sanman taleb-i devlet ü câh etmeğe geldik
Biz âleme bir yâr için âh etmeğe geldik

Bu dünyaya makam-mevki istemeğe değil; Yalnız bir dost (Allah) için ah etmeğe geldik.

Bin safsata bir mısra-i bercesteye değmez
İndimde esâtîr-i Felâtun hezeyandır

İrfan adamlarımızın hikmetli sözlerinden bir tanesini, o tantanalı filozofik mütalâaların tamamına değişmem.

Hayli farklı özellikler arz eden söz konusu gazele dönecek olursak:

Ney o ney, hem-dem o hem-dem, sohbet ol sohbet değil
Mey o mey, âlem o âlem, işret ol işret değil

Ney de değişmedi, arkadaşlar da; mey de değişmedi, âlem de; ama o eski sohbet lezzeti yok.

Dâmen-i rahmet denir bir şey silerdi ekşimi
Şey o şey, dîdem o dîdem, rahmet ol rahmet değil

Gözyaşımı rahmet eteği silerdi. Değişen bir şey yok ama, eski rahmeti göremiyorum.

Dâğ-ı sînem merhem-i ihsân ile bihbûd idi
Key o key, sînem o sînem, sıhhat ol sıhhat değil

Sinemdeki yaralar ihsan merhemi ile iyileşiyordu. Yine eski merasim icra ediliyor. Ama nerede o eski sıhhatim? Yok!

Şimdi Tay Hâtemleri sirkatle olmuş nâm-dâr
Tay o Tay, Hâtem o Hâtem, himmet ol himmet değil

Cömertliği ile dillere destan olmuş Hâtem-i Tâî'nin yerinde şimdi hırsızlıkla şöhret bulmuş kimseler var. Geçtik iyilikten, bir kötülükleri bulaşmasın, yeter.

Avniyâ meyhâneye gitdim bugün ammâ çi sûd
Mey o mey, âlem o âlem, işret ol işret değil

Meyhaneye gittim ve gördüm ki, görünüşte her şey eskisi gibi ama, eski dostluktan eser yok.

Şems-i Sivâsî

Anadolu'da üç güneş derler;
Şems-i Tebrîzî, Akşemseddin ve Şems-i Sivâsî hazretleri. Şems güneş demek malum. Anadolu'nun üç güneşi...

Hani 1797 yılında, Şeyh Gâlib'den iki yıl önce vefat eden büyük şair Esrâr Dede'nin "unutma" redifli muhteşem, içli, yakıcı bir gazeli vardır;

Azm-i sefer ettin, dil-i nâ-çârı unutma
Gittin güzel ammâ bu dil-efgârı unutma

Gâhîce uyandıkca şebistân-ı safâda
Şol gîce olan sohbet-i hem-vârı unutma

Vardıkça şeker hâba, girip bister-i nâza
Ne zehri içer dîde-i bîdârı unutma

Kâküllerini sîneye çektikçe seherler
Yâdına getir, kalb-i dil-efgârı unutma

Âyinede gördükçe, kaçan, hasta nigâhın
Lûtfeyle tabîbâ, men-i bîmârı unutma

Ahvâlimi yazdım bütün evrâk-ı dilimde
Destindeki mecmûa-yı nâçârı unutma

Ben sabredeyim derd ü gam-ı hicrine ammâ
Sen de güzelim ettiğin ikrârı unutma

Ağlatmayacaktın, yola baktırmayacaktın
Ol va'de-i tekrâr be tekrârı unutma

Hicrânın ile çektiğimi sen de bilirsin
Her vechile dîdâra sezâvârı unutma

Yok tâkat-ı hicrine, lütfeyle efendim
Dilhaste-i aşkın olan Esrâr'ı unutma

Şimdi de Esrâr Dede'nin ne dediğini anlamaya çalışalım:

Azm-i sefer ettin dil-i nâçârı unutma
Gittin güzel amma bu dil-efgârı unutma

Yola koyulmuşsun, belli ki gidiyorsun... fakat geride bıraktığın bu çaresiz gönlü unutma. Gidiyorsun, iyi güzel ama bari bu gönlü yaralı âşığı hatırdan çıkarma.

Gâhîce uyandıkça şebistân-ı safâda
Şol gece olan sohbet-i hemvârı unutma

Safa gecesinde zaman zaman uyandıkça o geceki güzel sohbeti unutma.

Vardıkça şeker-hâba girip pister-i nâza
Ne zehr içer dîde-i bîdârı unutma

Sen naz döşeğine girip tatlı uykuya varınca, Bu uyanık gözler ne zehir içer unutma.

Nûş eylediğin demler efendim mey-i gül-reng
Bu mest-i zehir-nûş u elem-hârı unutma

Efendim, gül renkli şarâbı içtiğin zamanlar, Bu yediği üzüntü, içtiği zehir olan sarhoşu unutma.

Kâküllerini şâneye çektikçe seherler
Yâdına getür kalb-i dilefgârı unutma

Seher vakti saçlarını taradığında Bu yaralı gönlü de aklına getir, unutma.

Âyînede gördükçe kaçan haste nigâhın
Lûtf eyle tabîbâ men-i bîmârı unutma

Aynada hasta gözlerini her görüşünde, Ey derdimin doktoru, merhamet et ben hastayı da unutma.

Ahvâlimi yazdım bütün evrâk-ı dilimde
Destindeki mecmûa-i nâçârı unutma

Bütün durumumu gönül yapraklarına yazdım; elindeki bu zavallı mecmuayı unutma.

Ben sabr edeyim derd ü gam-ı hecrine amma
Sen de güzelim ettiğin ikrârı unutma

Ben ayrılığının gamına ve derdine sabredeyim ama, güzelim, sen de verdiğin sözü unutma.

Ağlatmayacaktın yola baktırmayacaktın
Ol va'de-i tekrar be-tekrârı unutma

Hani ağlatmayacak, yola baktırmayacaktın? Bu konuda tekrar tekrar verdiğin sözü unutma.

Hicranın ile çektiğini sen de bilirsin
Her vech ile dîdâra sezâvârı unutma

Ayrılığınla ne tür sıkıntılar çektiğimi sen de bilirsin. Her yönden görüşmeye lâyık olan bu âşıkı unutma.

Yok takati hicranına lütf eyle efendim
Dil-haste-i aşkın olan esrârı unutma.

Efendim ayrılığına dayanma gücü olmayan, Aşkınla gönlü hasta Esrâr'ını lûtf et, unutma.

Sözünü ettiğimiz üç şemslerden Şemseddin Sivâsi hazretlerinin de aynı redifli harika bir gazeli var;

Göğsün geriben câh-ı cihân içre salınma
Âhir yıkılıp düşeceğin çâhı unutma

Derbendine mevtin yolun uğrar er eger geç
Ol geçmesi düşvâr güzergâhı unutma

Mağrur oluban devlet ü dünya-yı denîye
Sakın yitirip dînini Allâh'ı unutma

Hâlıktan utan rızkını halktan sakın umma
Bil rabbini (er-rızku alellâh)'ı unutma

Ey çeşm-i hakâretle bakan merd-i fakîre
Ol fakr ile fahr eden ulu şâhı unutma

Bu bâğ-ı cihân içre hevâ yolları çoktur
Şemsî yürü sen Hakk'a giden râhı unutma

Göğsün geriben câh-ı cihân içre salınma
Âhir yıkılıp düşeceğin çâhı unutma

Dünyada gezerken öyle mağrur, göğsünü gererek dolanma. Sonunda yıkılıp düşeceğin kuyuyu unutma. Dimdik yürüyenler, dümdüz yatarlar...

Derbendine mevtin yolun uğrar er eger geç
Ol geçmesi düşvâr güzergâhı unutma

Eninde sonunda ölüme yolun uğrayacak. Geçmesi zor olan o güzergâhı unutma.

Mağrur oluban devlet ü dünya-yı denîye
Sakın yitirip dînini Allâh'ı unutma

Alçak dünyaya mağrur olupda, sakın dinini kaybedip Allah'ı unutma.

Hâlıktan utan rızkını halktan sakın umma
Bil rabbini (er-rızku alellâh)'ı unutma

İnsandan sakın bir şey bekleme. Rızık Allahdan.

İnsandan isteme diyor. Verirse minnet, vermezse zillet.

Allah'dan iste. Verirse nimet, vermezse hikmet…

Ey çeşm-i hakâretle bakan merd-i fakîre
Ol fakr ile fahr eden ulu şâhı unutma

Hani fakire küçümseyerek bakıyorsun ya, aman haa... Fakirlikle övünürüm diyen o yüce Peygamber'i (aleyhisselam) unutma!

İmâm-ı Rabbânî Müceddid-i elf-i sâni Ahmed Fârukî Serhendî hazretleri, zekâtı anlattığı bir mektubunda 'zekâtını fakirlere yalvara yalvarı verin' buyuruyor. Bunun ne demek olduğunu bakın güzel bir örnekle anlayalım;

Cüneyd-i Bağdâdî yedi yaşında iken, mektepten gelince babasının ağladığını görüp, sebebini sordu: "Zekât olarak dayın Sırrî-yi Sekâtî'ye birkaç gümüş göndermiştim, almamış. Kıymetli ömrümü, Allah adamlarının, beğenip almadığı gümüşler için geçirmiş olduğuma ağlıyorum." dedi. Cüneyd-i Bağdâdî; "Babacığım, parayı ver ben götüreyim." deyip dayısının evine gitti. Kapıyı çaldı. Dayısı, kim olduğunu sorunca; "Ben Cüneyd'im dayıcığım. Kapıyı aç ve babamın zekâtı olan bu gümüşleri al!" dedi. Dayısı; "Almam!" deyince, Cüneyd-i Bağdâdî; "Adl edip babama emreden ve ihsân edip, seni serbest bırakan Allahü teâlâ için al!" dedi. Dayısı; "Allahü teâlâ babana ne emretti ve bana ne ihsân etti?" dedi. Cüneyd-i Bağdâdî; "Babamı zengin yapıp, zekât vermesini emretmekle adâlet eyledi. Seni de fakir yapıp, zekâtı kabûl etmek ve etmemek arasında serbest bırakmakla ihsân eyledi." dedi. Bu söz Sırrî-yi Sekatî'nin çok hoşuna gidip; "Oğlum! Gümüşleri kabûl etmeden önce seni kabûl ettim." dedi ve kapıyı açıp parayı aldı.

Bu bâğ-ı cihân içre hevâ yolları çoktur
Şemsî yürü sen Hakk'a giden râhı unutma

Bu dünya bahçesinde birçok hevâ, istek, arzu, cehenneme doğru gidilecek yollar var. Aman gözünü seveyim Şemsî sen yürü ve Hakk'a giden yolu unutma.

Şemseddin Sivâsi hazretlerinin başka bir gazeli:

Derd-i aşka düşmeyen dermâna olmaz âşinâ
Cevre mahrem olmayan ihsâna olmaz âşinâ

Cân u başın saklayanlar tâ ebed bîgânedir
Cânı îsâr etmeyen cânâna olmaz âşinâ

Sufra gibi sürmeyen yüzin yere her subh u şâm
Cânib-i Hak'tan gelen mihmâna olmaz âşinâ

Tâlibâ ko gafleti şevk ile gir tâatına
Zevk-i dîni duymayan îmâna olmaz âşinâ

Cehd edip râh-ı ibâdette ferîd ol tâlibâ
Kulluğun bildirmeyen sultâna olmaz âşinâ

Ârif olmak ister-isen gel nedânem dersin al
Bildiğinden geçmeyen irfâna olmaz âşinâ

Şemsiyâ şem'-i ruh-ı cânâna yak her varını
Bâl ü perrin saklayan pervâne olmaz âşinâ

Lâ havle velâ kuvvete illâ billâh. Her beyitte şimşekler çaktırıyor merhum. Bakalım teker teker neler söylemiş Şemseddin Efendi;

Derd-i aşka düşmeyen dermâna olmaz âşinâ
Cevre mahrem olmayan ihsâna olmaz âşinâ

Derdi olmayan dermânı tanımaz. Aşk derdine düşmeden, dermanı tanıyamaz ki insan görünce. Aslında dert sana dermanla tanışman için veriliyor. Ne diyordu Niyâzî-i Mısrî hazretleri;

Derman arardım derdime, derdim bana dermân imiş
Burhân sorardım aslıma, aslım bana burhân imiş.

Aynı meyânda Sâlih Baba ne güzel ifade etmiştir derdin derman olduğunu;

Ezelden âşıkız aşkın belâsın inkiyâd ettik
Ki biz ebdâl-i aşkız derd gibi dermânımız vardır

Dönelim tekrar âşina redifli gazelmize;

Cân u başın saklayanlar tâ ebed bîgânedir
Cânı îsâr etmeyen cânâna olmaz âşinâ

Canını başını saklayıp, canın kıymetli falan olunca tanımadan gelir geçersin.

'Âşinâya âşina, bîgâneye bîgâneyiz' demişti Erzurumlu Ömer Nef'î. Öyle bir yolun yolcusuyuz ki, âşinâya âşinâ, bîgâneye bîgâneyiz diyor. Adam uzaksa uzağım, tanımıyorsa tanımıyorum. Tanıyorsa da başım üzerinde yeri var.

Sufra gibi sürmeyen yüzin yere her subh u şâm
Cânib-i Hak'tan gelen mihmâna olmaz âşinâ

Gece gündüz, sabah akşam yüzünü sofra gibi yere sürmeyen, Allahü teâlâ tarafından gelen misafire âşine olamaz. Misafirden mahrum kalır. Hazreti İbrahim aleyhisselam mâlumdur misafir olmadan yemek yemezdi. Sokağa çıkar misafir ararmış. Neden? Allah'ın kulu o. Hürmeti de ondan. 'Yâ Rabbi kulun geldi, ben de böyle böyle yaptım' demek için. Yemeğe gelen bir misafiri iman getirmediği için biraz serin davrandı İbrahim Aleyhisselam. Allahü teâlâ hemen ihtar buyurdu; ***'Ben senelerdir onun küfrüne rağmen rızkını veriyorum.'*** Hemen pişman oldu, tövbe etti ve gönlünü aldı misafirinin.

Tâlibâ ko gafleti şevk ile gir tâatına
Zevk-i dîni duymayan îmâna olmaz âşinâ

İbadeti, tâatı isteyerek, severek yap. Çok mühim bir ikaz bu.

Emir yapılır, her türlü yapılır da, bunu şimdi zorlana zorlana yapmak var, bir de aşkla, şevkle yapmak var. Tabiî bu da bir eğitim meselesi. Göz neyle meşgulse, kalb de onunla meşgul olur. Ne okuyorsun, ne görüyorsun, kimin yüzüne bakıyorsun çok önemli.

Zevk-i dîni duymayan îmâna olmaz âşinâ

Bırakalım başka şiiri, hiçbir şey olmasa bu mısra yeter.

Bunun zevkini duymadan imâna âşina olamazsın. İman kalbe yerleşip hakiki halini olmaz. Felaketin büyüklüğüne bakın!

Cehd edip râh-ı ibâdette ferîd ol tâlibâ
Kulluğun bildirmeyen sultâna olmaz âşinâ

İbareye bakar mısınız? Ferîd ol! Nedir ferd? Zamanımızda 'birey' olarak tercüme ediliyor bu kavram ve maalesef hiçbir şeyi karşılamıyor. Birey, iki değil bir demek. Ancak koyun da böyle sayılıyor afedersiniz inek de. Ferd başka bir mefhum. İzaha çalışalım.

Mazhar-i Cân-ı Cânan hazreleri diyor ki;

Dünyayı ve ahireti birlikte kazanmak isteyen nâmert, ahireti isteyen mert, ahireti ve Allah'ı isteyen civan-mert,

Allah'ı isteyen fert. Bu kategorizasyonda dünyayı isteyen yok. Yeri yok çünkü.

Şimdi bu kelime ve kavram etrafında beyit'e tekrar bakalım;

Cehd edip râh-ı ibâdette ferîd ol tâlibâ
Kulluğun bildirmeyen sultâna olmaz âşinâ

Ey Tâlib! Ferîd ol. Onu iste.

Hızır âleyhisselam çok güzel birini gördü. Baktı elindeki evliyanın listesinde onun adı yok. Bu kim, diyor.

Cevap şöyle geliyor; ***Sende beni sevenlerin listesi var, benim sevdiklerim değil!*** İşte Ferd. O ayrı... İhlas Allah ile kul arasında sırdır. Melek bilmez ki yazsın, Şeytan bilmez ki bozsun. Hususi bir vaziyet, sır! ***'Bir hâdise var Can ile Cânan arasında'***

Kulluğun bildirmeyen sultâna olmaz âşinâ

İbadet, kulluğu bildirmektir. Sahâbeden Ka'b hazretleri "radıyallahü anh" ölüm hastalığına düştüğünde gelip sordular:

- Bir şikâyetin var mı?

- Evet, günahlarımdan şikâyetçiyim.

- Bir şey istiyor musun?

- Cenneti istiyorum.

- Peki tabip çağıralım mı?

- Beni zaten tabip hasta etti, dedi.

Aşk derdi ile hoşem el çek ilâcımdan tabip
Kılma derman kim helâkim zehr-i dermânındadır.

diyen Fuzûlî bunu biliyor olmazsa nasıl söyler? Hastalığı, derdi karşılama biçimi bu. Gelene bakmıyor. Gönderene bakıyor.

Eline bir mektup geldiğinde önce gönderene bakılmaz mı?

Ârif olmak ister-isen gel nedânem dersin al
Bildiğinden geçmeyen irfâna olmaz âşinâ

Ârif olmak istiyorsan 'bilmiyorum' dersini öğren. Bilmemeyi öğren. Çok biliyorum diyen bir adam neticede bir flash-disk'deki bilgiyi taşıyamaz. Ne kadar bilsen İblis kadar bilemezsin. İlim, amele vasıta olduğu için kıymetli. Yoksa vebaldir.

Muallim Nâcî'nin tam yeri geldi sevgili okuyucular. Bakın bilmiyor'u nasıl ifade etmiş;

Izdırâb-ı cânı vâ-hayfâ ki cânan bilmiyor
Başkadır derdim onu cânan değil cân bilmiyor

Bilmiyor gönlüm niçin hayrân-ı cânandır henüz
Kim demiş âlem bilir, âlem de hayrân bilmiyor

Derdini bildirmiyor bildirse dermân çok deme
Âh bilmezsin bu mühlik derd derman bilmiyor

Sen bilirsen söyle ey icâd-ı efgân eyleyen
Hikmet-i efgân nedir ashâb-ı efgân bilmiyor

Bil ki bilmekten dem urmak bilmemekten kendini
Bilmiyor esrârını Allâh'ın, insân bilmiyor

Beş defa bilmek fiilini kullanıyor bir beytte. Hiç hata yok, fazlalık yok, zihne, kulağa batmıyor. Enteresan bir şey. Allah rahmet eylesin Muallim Nâcî'ye. Gidince soracağım Nâcî merhuma "Ne yedin, ne içtin de böyle oldun?" diye.

Bir kişi bilmekden bahsediyorsa, kendini bilmediği için böyle yapıyor. Allah'ın sırlarını insan bilmiyor, bilmeyecek.

İmâm-ı Rabbânî hazretleri, 'Kendisine her yolu kapatıp, yalnız Onu anlayamamak, tanıyamamak yolunu açık bırakan Allah'ı tesbih ederim' dedi. Ona bir yol açık. Acz!

- Bilemedim yâ Rabbi, tanıyamadım yâ Rabbi. Ben kulum, acizim. Sen Allah'sın (Celle Celâlühû.)

Şemsîyâ şem'-i ruh-ı cânâna yak her varını
Bâl ü perrin saklayan pervâne olmaz âşînâ

Kendine söylüyor. Ey Şemsî! Sevgilinin yanağının mumuna neyin varsa yak. Aman yanmasın diye kanadını ateşden saklayan pervane olmaz.

Gönül Adamı Sâlih Baba

Hayli zamandır, onca şair, onca ârif arasında sözleri önümüzü aydınlatan, sadra şifa veren, safâ bahşeden o kadar şair arasından bilhassa Sâlih Baba merhum çokça kalbimizi, zihnimizi meşgul etmektedir. Allah rahmet eylesin, derecesi âli olsun. 1820 doğumlu ve 1908 yılında 88 yaşında vefat etmiştir. Gönlünü Pîr-i Sâmî Erzincânî hazretlerine bağlamıştır. İnsan sevdiğinden kıymet alır. Neyi seviyorsa o kadardır kıymeti.

Birgün Pîr-i Sâmî hazretlerini denemek için dergâhına üç kişi gelmiş. En olmayacak şeyi yapmışlar. Kalbimde şunu tuttum; 'benim düşündüğümü anlar, keşfeder ve gereğini yaparsa maneviyat ehli olduğuna inanırım' gibi denemeler. Gelenlerden birisi kış günü yaş üzüm, diğeri leblebi ve baklava geçirmiş içinden. Hazret sohbete devam ederken talebelerinden birisine; 'evladım şu içerideki sepeti getiriver de misafirlerimize ikram edelim' demiş. Sepet açıldığında sual sahipleri, kalplerinden geçirdikleri ikramları karşılarında görünce, "Eyvah! Baltayı taşa vurduk..." diyerek mahcubiyetlerinden kafalarını kaldıramamışlar. Pîr-i Sâmî hazretleri sohbet bitiminde misafirleri uğurlarken, "Bir ihtiyara da bu kadar yüklenilmez ki..." demiş.

Bu Allah dostu hazret 1912 yılında vefat etmiş. İkisi de Erzincan da medfûn bulunuyorlar. Allah makamlarını âlî eylesin...

Sâlih Baba tüfekçi. Tüfekçizâde Sâlih diye anılırmış Erzincan'da. Okuma yazması, ilmi yok. Sade, yalın, kalbi temiz pırıl pırıl bir insan. Dergâh talebelerinden adı Sâlih olan başka birisi,

- Gel adaş, demiş, dergâha gidelim, güzel sohbetler oluyor, dinleyelim. Bizim Sâlih:

- Beni oraya kim kabul etsin, cahil adamın biriyim ben, yük olurum oraya, demiş.

- Yok, demiş arkadaşı, orası öyle bir kapı değil. ***Ehil, nâehil berâberest.***

Çekine çekine gitmiş ve en arkada bir yere oturmuş bizim Sâlih. O sohbete Mevlevîler, Halvetîler de gelmiş. Şiirler, gazeller... Biri bitiyor, diğeri başlıyor. Bu duruma imrenen bir talebe, efendi hazretlerine durumu arz etmiş;

- Efendim bizde de böyle şairler olsa şiirler, gazeller okunsaydı ne iyi olurdu, gibi. Pîr-i Sâmî Efendi;

- O da bir şey mi, o kadarını bizim Sâlih de söyler, değil mi Sâlih, söyle bakalım, der ve arkada sessizce kovulmayı bekleyerek oturan Sâlih söylemeye başlar... O anda

"Estağfirullah efendim, ben söyleyemem ki..." demek olmaz. Emir edebi aşar. ***"El emrü fevkal edeb."*** Başka bir talebesini de görevlendiriyor ve

- Onun söylediklerini yaz, buyuruyor. Kırk gün kadar böyle sürmüş bu hâl ve "Yeter Sâlih!" denmiş, Sâlih susmuştur... Ve ortaya *Sâlih Baba Divanı* çıkmış.

Bu divandan bir ateş parçası. 'Yangın var' redifli muazzam bir gazel;

Yetiş ey keştibânım büsbütün deryâda yangın var
Değil derya yalınız cümle hep sahrâda yangın var

Erişdi nev-bahâr vakti figâna başladı bülbül
Değil yalınız bülbül ol gül-i ra'nâda yangın var

Zemîne indi Me'vâdan nice yıllar döküp kan yaş
Yalınız ağlayan Âdem değil Havvâ'da yangın var

Nice yıl âteş-i hicrân odıyla yakdı Ken'ân'ı
Yanan Ya'kûb değil gör Yûsüf ü Zelhâ'da yangın var

Cihân halk olalı göster bana âsûde ahvâlin
Ki yok bir istirâhat esfel ü a'lâda yangın var

Erişdi Sâmî-yi Sultan berâber dil-ber-i rûhân
Değil yalınız Erzincan Yemen San'â'da yangın var

Bilinmez Sâlih'in rengi çalınır tabl-ı gülbangı
Kurulmuş Kerbelâ cengi yaman gavgâda yangın var

Sâlih Baba bir yangından bahsediyor. Her yerin, her şeyin yandığını söylüyor.

Yetiş ey keştibânım büsbütün deryâda yangın var
Değil derya yalınız cümle hep sahrâda yangın var

Denizin yandığını ama sadece deniz değil, çöllerin de yandığını söylüyor.

Erişdi nev-bahâr vakti figâna başladı bülbül
Değil yalınız bülbül ol gül-i ra'nâda yangın var

Bahar geldi ve bülbül figâna başladı; Bülbülün içili içli bağırdığına bakmayın siz, gül de yanıyor.

Zemîne indi Me'vâdan nice yıllar döküp kan yaş
Yalınız ağlayan Âdem değil Havvâ'da yangın var

Sadece Hazreti Âdem aleyhisselamın ağladığını biliriz ama heyhât! Havva annemiz de ağlıyor, yanıyor…

Nice yıl âteş-i hicrân odıyla yakdı Ken'ân'ı
Yanan Ya'kûb değil gör Yûsüf ü Zelhâ'da yangın var

Hüzünler kulubesinde ağlamakdan gözlerini kaybeden Yâkub aleyhisselam mı yanıyor sanıyorsunuz sadece, Züleyha da Yûsuf da yandı.

Cihân halk olalı göster bana âsûde ahvâlin
Ki yok bir istirâhat esfel ü a'lâda yangın var

Dünya yaratıldığından beri, âsûde bir zaman mı var. Yer de yanıyor gök de yanıyor. Zemin kat da teras da yanıyor.

Erişdi Sâmî-yi Sultan berâber dil-ber-i rûhân
Değ[illegible]alınız Erzincan Yemen San'â'da yangın var

[illegible]retleri geldi ve Erzincan aşk ateşiyle yandı [illegible] San'a da yandı.

[illegible]rengi çalınır tabl-ı gülbangı
[illegible]belâ cengi yaman gavgâda yangın var

Benim halimi bilmezsiniz, bilen bilir...

Neden bir insan her yerin yandığını görür ve öyle söyler? Ateşin içine düşer, dört bir tarafı ateştir böylelikle her şeyi ateş gibi görür. Aynen Fuzûlî'nin Su Kasidesi'nde her şeyi su renginde görmesi gibi. İkinci beyitinde şöyle der;

Âb-gûndur günbed-i devvâr rengi bilmezem
Yâ muhît olmış gözümden günbed-i devvâra su

Her şey su rengine mi büründü, yoksa ben devamlı ağladığım için, gözyaşımın arkasından baktığım için mi her yer su renginde görünüyor. Sâlih Baba merhum da ateşin içinde olduğu için her yeri, her şeyi ateş olarak görmesi lazımdır, terennümünde de haklıdır.

Hani anlatılır ya; Adam Erzurum'da koyunlarını, soğuk bir kış günü sığırtmaça emanet etmiş. Kendisi de hamamda yatmış göbek taşına, ortam sıcacık, yanıyor. Buram buram terliyor. Gönderdiği adam pür telaş girmiş içeri;

"Ağam, koyunlar gidiyor, soğukdan telef olacaklar, bir şeyler yapmak lazım."

Ağanın cevabı; "Get ya, bu sıcakta koyun mu donar?"

Kendi hâli bu çünkü... Herkes bulunduğu halden seyreder âlemi.

Bir başka gazelinde de şöyle söylüyor hazret;

Bizim bu âlem-i mülk içre bir devrânımız vardır
Açılmış râh-ı Sıddîktan büyük meydânımız vardır

Ezelden âşıkız aşkın belâsın inkiyâd ettik
Ki biz ebdâl-i aşkız derd gibi dermânımız vardır

Acâ'ib andelîbiz kim bizim hiç goncamız solmaz
Hümâ-yı kuds-i lâhutuz bekâ gülşânımız vardır

Şikâr almaklığa geldik şikâr olduk bu âlemde
Anâsır bendine düştük acep seyrânımız vardır

Bu kesrette şühûd-ı vahdetiz gafletteyiz sanma
Hümâ-yı âsumânız ol kadar irfânımız vardır

Tutup destim kabûl etti beni ol hazret-i şeyhim
Bi-hamdillâh Pîr-i Sâmî gibi sultânımız vardır

İlâhi sâye-i Sâmîde devrim ihtitâm eyle
Bağışla Sâlihem pîrime çok noksânımız vardır

Bu gazel, Hayâlî Bey'in 'vardır' redifli gazeline nazire olarak yazılmış gibi. İki ayrı gazelden birer beyit örneğini aktarmak istiyorum önce;

Ne zillet vermeğe râğıb ne devlet hâhımız vardır
Ko gayrı gayra yâr olsun bizim Allahımız vardır

Birinin inmesini de arzu etmem, kendim için bir devlet de tahayyül etmem. Bunlarla ilgilenmiyorum. Bırak başkaları başkalarına yar olsun. Bizim Allah'ımız var.

Bizi bî-kes sanıp ey gam yok etmekden hazer kıl kim
Cihânı yok iken var eyleyen Allahımız vardır

Gamı karşısına almış konuşuyor. Ey gam, bizi kimsesiz zannedip de üstümüze üstümüze gelme. Dünyayı yok iken var eden Allahın kuluyum ben, sen de kim oluyorsun?

Sâlih Baba'nın bazı beyitlerinde ne dediğine bakalım;

Ezelden âşıkız aşkın belâsın inkiyâd ettik
Ki biz ebdâl-i aşkız derd gibi dermânımız vardır

Boyun eğdik, o kayda girdik gönüllü olarak belaya talip olduk. Aklı bu yolda feda etmiş akıllı aşıklarız, dermanımız da dertten ibarettir.

Şikâr almaklığa geldik şikâr olduk bu âlemde
Anâsır bendine düştük acep seyrânımız vardır

Avlamak için geldik, ama av olduk. Dört unsurun bendine düştük, acayip bir hikayemiz var. Toprak, hava, su ve ateş. Çelişkiler yumağı. Toprak tarafım bahtiyar olsa, hava bu durumdan rahatsız olur. Ateşi mutlu etsem, su huzursuz.

Yani dünyada kâmil manada mutluluğu bulmanın imkânı ve ihtimali yok. Çünkü, doğru adres değil.

Tutup destim kabûl etti beni ol hazret-i şeyhim
Bi-hamdillâh Pîr-i Sâmî gibi sultânımız vardır

Ne sevinçtir ne bayramdır o ki, Onun elini tutup da kabul ettiği o anı, ömrü boyunca anlatıyor. O beni kabul etti ya boşver gerisini... Âlem düşman olsa ne çıkar.

Ne gam dünya rakîb olsa seninle yâr iken dil-dâr - Örfî

Ve son beyitte sığındığı yeri gösteriyor;

İlâhî sâye-i Sâmî'de devrim ihtitâm eyle
Bağışla Sâlih'em pîrime çok noksânımız vardır

Yâ Rabbi, bende bir şey yok ama, benim elimi tutup kabul eden Onun yüzü suyu hürmetine beni yarı yolda bırakma.

Bir şair; 'Yâ Rabbi cehenneme benim yerime amellerimin yazıldığı defteri atıver' demişti.

Kuddûsî Baba

Sâlih Baba ile aynı kanaldan gelen, aynı mektebe mensub bir başka gönül ehli şair, ismi gibi bir Baba. 1849 yılında vefat etti.

Sen bu gaflet uykusundan ne acep uyanmadın
Serseri gezdin cihânda ey deli uyanmadın

Bunca demdir ömrünün sermâyesin ettin telef
Bu şarâb-ı aşka bir kez parmağını banmadın

Ârif ü dânâ eşiğin bekleyip Yûnusleyin
Kendini kânûn-ı aşka bırakuben yanmadın

Çünki Yûnus kırk yedi yıl hıdmet etdi şeyhine
Dedi şeyhi ana bizim rengimize boyanmadın

Hıdmeti odun getirmek idi dağdan matbaha
Bunca hıdmetle dedi sen hidmete dayanmadın

Boynu yağır olmağ-ıla atdı odunu yere
Dedi şeyh çık git bu dem çün hidmete katlanmadın

Tutdular çıkardılar başı kısıldı kapıya
Dediler sen hâlimiz ile bizim hâllenmedin

Başı kapı içre kalıp hırlayıp dedi hemen
Ey başım elhamdülillâh taşraya yollanmadın

Duyucak bu sözü şeyhi dedi yaktın bağrımı
Gel ki bildim sen beni beyhûde işler sanmadın

Bu söz ile buldu Yûnus kurb-ı Yezdâna visâl
Sen ki Kuddûsî hemân nâr-ı visâle yanmadın

Son derece yalın bir şiir. Fakat biz yine biraz üzerinde duralım.

Sen bu gaflet uykusundan ne acep uyanmadın
Serseri gezdin cihânda ey deli uyanmadın

Ah Kuddûsî, sen hiç yanmadın, bir türlü olmadın. Gaflet içinde ömrünü yitirdin.

Bunca demdir ömrünün sermâyesin ettin telef
Bu şarâb-ı aşka bir kez parmağını banmadın

Bunca zaman sana verilen ömrü, nefesi boşa harcadın. Geçtim aşkdan bahsedenlerin sözlerini kana kana içmeyi, sen bir parmak bile çalmadın.

Şiir bu havada giderken, bu nasihatların kendine olduğunu son mısrada anlıyoruz. Başdan itibaren arzu eden herkesin kendine tevcih edebileceği nasihatlardır da en son "Sen ki Kuddûsî" diyerek, 'bu sözler benim kendimeydi arkadaş' filan deyip yine edebiyatın edebine işaret çakar. Ama biz istersek bunu kendi üzerimize alabiliriz. Öyle demişti Usûlî;

Kamû nezzârede ebkâr-ı ma'nî muntazırlardır
Usulî gibi tâ kim ola bir sâhib-nazar peydâ

Etrafda say say bitmez ibret manzaraları var ama fark edilmez. Usûlî gibi biri gelecek de, görecek bu ma'nâları ve izâh edecek. Yeni bir şey değil, mevcudu söylüyorum ama okumuyorsunuz ki. Karınca buğdayı götürüyor, ibreti görmüyorsunuz. Mesela şöyle bakabilirsin diyor manzaraya; Bülbül'ün ya da ağustos böceğinin ses tellerindeki kuvveti Allahü teâlâ deveye verseydi görürdün gününü. Bir kere bağırdığı zaman şehirde zelzele kopardı.

Hani Nasreddin Hoca üzerine anlatılır; Bakmış kocaman ağaçta bildiğimiz ceviz. Yumurtadan küçük cevizler. "Allah Allah' demiş; "ne kadar oransız iş", kabağa bakmış 'incecik bir sapı var ve yerde bitiyor' derken başına bir ceviz düşmüş ağaçdan. "Yâ Rabbi Sen işini bilirsin..." demiş.

Kuddûsî Baba'ya dönelim;

Ârif ü dânâ eşiğin bekleyip Yûnusleyin
Kendini kânûn-ı aşka bırakuben yanmadın

Yûnus gibi, güzel insan, ermiş insan eşiğini mert gibi, sonuna kadar bekleyip, aşkın kanununa teslim olup yanmadın.

Çünki Yûnus kırk yedi yıl hıdmet etdi şeyhine
Dedi şeyh ana bizim rengimize boyanmadın

Kırk yedi sene sadakatla hizmet etti ama, kırk yedi yılın sonunda üstadı ona dedi ki; 'sen bizim rengimize hiç boyanmadın.'

Hıdmeti odun getirmek idi dağdan matbaha
Bunca hıdmetle dedi sen hidmete dayanmadın

Kırk yedi yıl dergâhın mutfağına odun getirerek hizmet etti. Ama yine de bunca hizmete dayanmadın dedi hocası.

Boynu yağır olmağ-ıla atdı odunu yere
Dedi şeyh çık git bu dem çün hidmete katlanmadın

Artık tahammülünü aştı, iş boyunu aştı ve odunu yere attı. Şeyhi çık git diyerek onu kovdu.

Tutdular çıkardılar başı kısıldı kapıya
Dediler sen hâlimiz ile bizim hâllenmedin

Bunun üzerine görevliler hemen onu dışarıya yaka-paça etmek için tuttular çıkardılar.

Başı kapı içre kalıp hırlayıp dedi hemen
Ey başım elhamdülillâh taşraya yollanmadın

Dışarı atarlarken bir terslik oldu ve vücudu dışarıda, başı kapı arasına içeride kalacak şekilde sıkıştı. Bu arada gönderenler azarlamaya devam ediyor, 'sen bizim gibi olmadın, bize benzemedin' falan diye. Fakat o, o esnada kendi kendine 'çok şükür başımız dergâhın içinde kaldı, dışarıya yollanmadı' diyor.

Duyucak bu sözü şeyhi dedi yaktın bağrımı
Gel ki bildim sen beni beyhûde işler sanmadın

İşte bu sözü duyunca Şeyhi, şimdi yaktın gönlümü, o bardağın son damlasıydı. Tam sadakatini, aşkını gösterdin. *(Zaten iş baştan beri imtihan)*

Bu defa 'gel' dedi artık. Sen bizi boşa almadın, hakikat görüldü artık...

Bu söz ile buldu Yûnus kurb-ı Yezdâna visâl
Sen ki Kuddûsî hemân nâr-ı visâle yanmadın

Böyle bir tevazu ile, Ona kavuşmayı başardı Yûnus. Sen ise Kuddûsî, hiç kavuşma ateşine yanmadın, yazık sana...

Aşkda kavuşma yoktur, sınır yoktur. Bahr-i bî-pâyan...

Olmayan ne?

Kıymetli okuyucular, konu Kuddûsî Baba üzerine devam ederken, yine Onun beşli mısralar halinde yazdığı çok latif bir muhammesini sizlerle paylaşmak istiyorum.

Her kimin ki aşk-ı Hak gönlünde mihmân olmadı
Dersi Hak'dan almadı ol ehl-i irfân olmadı
Hasta-i aşk olmayan giryân u nâlân olmadı
Edhem oğlu şâh iken tav' ile uryân olmadı
Meyl eden iki cihâna ehl-i Yezdân olmadı

Zikr ile hâsıl olur aşk sâlikin gönlünde bil
Levh-i dilden kir ü pası çalışıp zikr-ile sil
Eyle ikbâl sen Hudâya gayrisine verme dil
Çün bu yolda mâsivâdan geçmeyen sâdık değil
Şol serây ki pâk değildir taht-ı sultân olmadı

Derme bu sîm ü zeri gel dinle söz çekme emek
Et kanâ'at verdiğine Râzıkın ye mercimek
Yetişir ehl-i sülûke günde bir iki çörek
Bulduğunu ye deme az isteme helva börek
Hoş tutan bu pendimi tâmûda biryân olmadı

Çün hadîsinde buyurdu ol Resûl-i muhterem
Dürlü ta'amlar yiyen dûzahda göriser elem
Gel birâder uyma nefse âhiretde çekme gam
Bu cihânın devleti mihnetdurur, tiryâki sem
Geçdi mi bir pâdişâh kim köşki vîrân olmadı

Niceler Hakdan cüdâ olduğuna bil ki sebeb
Put ederler mâl-ı dünyayı taparlar rûz u şeb
Nicesi de cennete tapub hemân eyler taleb
Âşık-ı sâdık eder aşk-ı Hudâ ile tarab
Hamr-ı aşkı etmeyen nûş kâmil insân olmadı

Çün bilir kalb hâlini Hakk Te'âlâ Hazreti
Bunı böyle bilmeyenin gönlüdür taşdan katı
Şol ki aşk u cezbesi yok kande bulsun vuslatı
İlmine a'mâline mağrûra etme rağbeti
Ol Azâzîl çünki kolayına şeytân olmadı

Tâhir ol şirk-i hafîden etme ey zâhid riyâ
Hem tekebbürden hazer kıl eyle Allahdan hayâ
Ana mahsûsdur muhakkak izz ü mecd ü Kibriyâ
Cümle hulkın alçağı bil nefsini Kuddûsiyâ
Nefsini alçak bilenin sonu hüsrân olmadı

Bu şiirinin de İzah ister bir tarafı yok ama yine de biraz bakalım neler söylemiş hazret;

Her kimin ki aşk-ı Hak gönlünde mihmân olmadı
Dersi Hak'dan almadı ol ehl-i irfân olmadı
Hasta-i aşk olmayan giryân u nâlân olmadı
Edhem oğlu şâh iken tav' ile uryân olmadı
Meyl eden iki cihâna ehl-i Yezdân olmadı

Kimin gönlünde Hakk aşkı misafir olmadıysa, gönlünü Hakk aşkına açmadıysa, dersini Hakk'dan almadıysa irfan ehli olamaz. O ham kalır, çiğ kalır. Soğan gibi olur, hani çiğken acı, yandıkça tatlılaşır ya... Aşk hastası olmayan da, iki gözü iki çeşme olamaz. Yenişehirli Avnî Bey hatırlatır kendini;

İki çeşm-i sirişk-efşân ile bir kalb-i vîrân al
Tükenmez, hasra gelmez dâimî îrâd lazımsa

Elinde neyin var neyin yoksa bir araya getir ve bir yanan kalp ve ağlayan birçift göz al, hiç zarar etmezsin. Kıyamet kopsa gelirin azalmaz. Kârlı yatırımdır vesselâm.

Edhem oğlu şâh iken tav' ile uryân olmadı

Hazreti İbrahim bin Edhem sultandı mâlumunuz. Gönlünü Hakk'a verdi, tâcı tahtı bıraktı gitti.

Dünyaya da ahirete de meyleden hakiki âşık olamıyor. Cennete meyl etmeyi bile ikinci planda tutuyor, varın siz dünyayı düşünenin halini... hesaba bile dahil değil. Kaldı ki, Cennet istemek emredildi.

Zikr ile hâsıl olur aşk sâlikin gönlünde bil
Levh-i dilden kir ü pası çalışıp zikr-ile sil

Eyle ikbâl sen Hudâya gayrisine verme dil
Çün bu yolda mâsivâdan geçmeyen sâdık değil
Şol serây ki pâk değildir taht-ı sultân olmadı

Anarsan Onu sevgi kalbine dolar. Formül budur. İnsan andığını sever, sevdiğini anar... Gönül levhasından Onu anarak kiri-pası sil. Cenâb-ı hakk'ın rızasına teveccüh et, başka şeye de gönül verme çünkü, değmez... Allah'dan gayrısını terk etmeyen bu yolda makbul değil.

Derme bu sîm ü zeri gel dinle söz çekme emek
Et kanâ'at verdiğine Râzıkın ye mercimek
Yetişir ehl-i sülûke günde bir iki çörek
Bulduğunu ye deme az isteme helva börek
Hoş tutan bu pendimi tâmûda biryân olmadı

Bu altını gümüşü toplayıp durma. Bunları toplayanlardan bir şey olmadı. Boşuna emek çekme. En çok toplayan Kârun'du. Eline ne geçti? Cenabı Hak sana ne verdiyse razı ol, mesela mercimek ye. Bu yola girene bir iki çörek yeter. Çok şey isteme, bu sözümü tutan cehennemde kebap olmakdan kurtulur.

Çün hadîsinde buyurdu ol Resûl-i muhterem
Dürlü ta'amlar yiyen dûzahda görüser elem
Gel birâder uyma nefse âhiretde çekme gam
Bu cihânın devleti mihnetdurur, tiryâki sem
Geçdi mi bir pâdişâh kim köşki vîrân olmadı

Cenâb-ı Peygamber Aleyhisselam, hadîsinde bunu anlattı; çok çok, çeşit çeşit yersen, bunun sıkıntısı var. Nefsine uyup da ahirette sıkıntı çekme. Bu dünya öyle bir yerdir ki; devleti mihnettir, sıkıntıdır. Şifası da zehirdir. Saraylarda yaşayan ne sultanlar geçti ve o saraylar virane oldu.

Niceler Hak'dan cüdâ olduğuna bil ki sebeb
Put ederler mâl-ı dünyayı taparlar rûz u şeb
Nicesi de cennete tapub hemân eyler taleb
Âşık-ı sâdık eder aşk-ı Hudâ ile tarab
Hamr-ı aşkı etmeyen nûş kâmil insân olmadı

Çoğu kişilerin Allah'dan ayrı düşmesinin sebebi; gece gündüz paraya, mala tapmalarıdır. Bazıları da sadece Cennet arzusuyla ibadet eder. Aşkın şarabını içmeyen, bu yola girmeyen kâmil insan olmaz.

Çün bilir kalb hâlini Hakk Te'âlâ Hazreti
Bunı böyle bilmeyenin gönlüdür taşdan katı
Şol ki aşk u cezbesi yok kande bulsun vuslatı
İlmine a'mâline mağrûra etme rağbeti
Ol Azâzil çünki kolayına şeytân olmadı

Sen canını sıkma, Allahü teâlâ senin kalbini senden iyi bilir. Gönlü taşdan katı olan bu hakikati bilemez. Aşkı, muhabbeti olmayan kavuşabilir mi? İlmiyle ve ameliyle övüneni adam yerine koyma. Dikkat et ki Azâzil hiç kolay şeytan olmadı. İlmine güvendi, ben şöyleyim, böyleyim dedi ve iblis-i lâin oldu.

Tâhir ol şirk-i hafîden etme ey zâhid riyâ
Hem tekebbürden hazer kıl eyle Allahdan hayâ
Ana mahsûsdur muhakkak izz ü mecd ü Kibriyâ

Cümle halkın alçağı bil nefsini Kuddûsîyâ
Nefsini alçak bilenin sonu hüsrân olmadı

Gizli şirkden temizlen, riya yapma. Büyüklenmekten sakın, Allah'dan utan! Hazreti Peygamber Aleyhisselam buyurdular ki; Utanmıyorsan ne yaparsan yap... İhtardaki şiddete bakın! Hayâ yoksa sadedin dışındasın, ne yaparsan yap.

Yükseklik, büyüklük Allah'a mahsustur. Ey Kuddûsî, herkesden aşağı bil nefsini, kendini alçak bilenin sonu hüsran olmaz.

Sabahın Körü!

Etrafa ve hayata bakış açımız, gözümüze taktığımız gözlüğün rengine bağlıdır. Nereden, nasıl ve neyle baktığımız önemlidir gördüğümüz olaylara.

Geçtiğimiz günlerde bir sohbet meclisinde söz Ahmet Haşim'in 'Müslüman Saati' başlıklı çok etkileyici bir yazısına denk düşmüştü.

Özellikle şu paragraf çok etkileyici geldi;

"Başka memleketlerde fecri yalnız kırdan şehre sebze ve meyve getirenlerin ahmak gözleriyle ıstırap çekenlerin şişkin kapaklar içinden bakan kırmızı ve perişan gözleri tanır. Bu zavallılar için fecrin parıltıları, yeniden boyuna geçirilecek olan hayat ipinin kanlı ilmeğini aydınlatan bir ziyadır. Hâlbuki fecir saati, Müslüman için rüyasız bir uykunun sonu ve yıkanma,

ibadet, neşe ve ümidin başlangıcıdır. Müslüman yüzü, kuş sesleri ve çiçek kokuları gibi fecrin en güzel tecellilerindendir.”

El-hak doğrudur. Maâlesef bazılarının ‘sabahın körü’ diye tabir ettikleri o kıymetli, huzurlu, bereketli fecir saati, kimileri için ellerin semâya kalktığı, gözlerin nemlendiği ama neşe ve ümidin de başlangıcı olan vakitti.

Aynen Vanlı Dürrî’nin de dediği gibiydi fecir saati;

Bir âh-ı sehergâha bakar ukde-i derûn
Nitekim goncaya küşâdı bâd-ı seher verir

Kalbindeki sıkıntıyı, düğümü çözmen seher vakti edeceğin bir âh’a (duaya) bakar. Ve verdiği örnek çok çarpıcıdır; Gonca, ancak seher vakti sabah rüzgarının verdiği ilhamla Gül’e dönüşür…

Güneşin şehri terketmesiyle başlayan o solgun ve renksiz akşamlar, seher vaktinin bereketiyle renk bulur ve uzun sessizliğin yerine nöbeti o mağrur edasıyla göklere uzanan minarelerden gelen “esselâtu hayrun minen nevm” sadâları devr alır. Bu sadâ sanki Sura üflenmişçesine, yeryüzünü tekrar dirilmeye davet eder gibi yankılanır gökyüzünde. Ve akşamdan başlayan ölümler, seher vakti ümitlerin yeşerdiği gibi tekrar can bulur, goncaların seher rüzgarıyla güle dönüştüğü gibi yeryüzünü uyandırmaya başlar.

Hepimizin muhakkak seher vakitleri yaşadığı güzel hatıraları vardır. Özellikle seher vakitlerinin en kıymetlilerinden bayram sabahları…

Bayram sabahlarının sürur içinde geçmesinin en önemli sebeplerinden birisi de seher vaktinin o bereketli, huzurlu, sessiz zamanlarıdır. Mahmur ama heyecan ve keyif içinde kalkıp buğulu camlardan dışarı baktığımızda göreceğimiz manzara, neşeli ve acele acele mahalle mescidine yetişmek için yürüyen o güzel Müslüman yüzleri, evlerden dışarı sızan ve sanki 'biz de uyandık' dermişçesine titreyen o bereketli sabaha şahitlik eden ışıklar ve lânelerinden pervâz eden kuşlar olurdu.

Şairler, ozanlar hep seher vakitlerine işaret etmiş, kimi *seher vakti çalmış yârin kapısını, kimi sabahın seherinde ötüyor kuşlar* demiş, kimi *Ey bâd-ı sabâ uğrarsa yolun semt-i harameyne, selâmımı arz eyle Rasûlü's-Sekaleyne* diyerek Efendiler Efendisine sabah rüzgarıyla haber göndermiştir.

Kâkül-i yâra bu demler güzerün var mı sabâ
Dil-i gümgeşteden âyâ haberin var mı sabâ?

diyen Mevlevî şairlerinin büyüklerinden olan Fasih Ahmet Dede de "Ey sabah rüzgarı acaba sevgilinin muhitine doğru bir yolculuğun var mı? Eğer olursa şu zavallı, yolunu kaybetmiş olan gönlüme denk gelirsen sahip çıkar mısın?" der gibi konuşur sabah rüzgarıyla. Yalnızlığa mahkûm olmuş bîçarelerin dilinden seslenir bazen beyitler; '***Ne yanar kimse bana âteş-i dilden özge/ Ne açar kimse kapım bâd-ı sabâdan gayrı***' diyen Fuzûlî; 'gönlümün ateşinden başka bana yanan ve sabah rüzgarından başka kapımı çalan kimse yok' diyerek ifade eder duygularını yalnızların.

Seher vakitleri, rahmet, feyiz ve bereketin de sağanak halinde boşandığı vakitlerdir. "Bütün rızıklar sabah seher vaktinde taksim olduğu için, bu vakti uykuda geçirenler bereketten mahrum kalır" derler. Seherlerini uykuya mahkûm edenler, çöle, denize ve yalçın kayalıklara yağan bereketli nisan yağmurlarının hebâ olması gibi, bu bereket ve feyizden mahrum kalırlar. Neyse ki, bugünlerde kış saatinden ötürü farkında olarak ya da olmayarak seher vakitlerinde (sabahın köründe) ya vazifemiz icabı ya da talebeliğin gereği uyanmak durumunda kalıyoruz. Faydası olur mu? Az uyumak, çok yaşamaktır demiş ya Atilla İlhan. Yaşayıp hep beraber görelim hayatımızdaki değişiklikleri.

Ama şunu da unutmayalım ki; bu vakitler kimine göre sabahın körü, kimine göre de Sabahın Nurudur…

Seher yola giren âşık gece Leylâ'da akşamlar…

Ehl-i Dil

Zaman hızla akıp giderken bizden götürdüğü sadece dakikalardan ibaret değildir. İnsanın en büyük sermayesi olan ömrüne de kast ederek hızla ilerler.

Osmanlı Şairlerinden Nef'î' nin

Ehl-i dil diyemem sînesi sâf olmayana
Ehl-i dil birbirini bilmemek insâf değil

Beytinde ifadesini bulduğu üzere, herkese her şey söylenmiyor. Lâkin ehline ise söylememek vebal olur.

İnsanın ne yaptığı ne kazandığı ne işte çalıştığı elbette önemli ama çok daha önemli olanı da; Niçin yaptığıdır! İşte bu açıdan bakarak yaptığımız her işe bir anlam kazandırmak, klasik kültürümüzün temel esaslarından biri olmuş.

Bu, konuşup bir şeyler anlatırken de böyle, yazarken de böyle olmalı. Görülüyor ki son zamanlarda etrafımız her şeyi bilenden geçilmiyor, herkes her şeyi çok iyi biliyor, ama nedendir kimse bilmediğini ikrar edemiyor. Sözü dudaktan esirgeyecek yeri çok iyi anlamak lazım. Ağzım var diye konuşmayı iyi öğrendik de, aynı ağızla susmayı beceremez olduk.

Bakın Nâbî kendi hassasiyetiyle bu konuyu nasıl değerlendirmiş;

Sühân-ı bî-hûdeden hoş gelir âvâz-i hurûz
Bâri mâ'nâsını bilmezse de hengâmını bilir

Horozun ötüşü bile boş sözden daha hoştur. Zira horoz, sesindeki manadan elbette habersizdir ammâ, hiç olmazsa ötmenin vaktini bilir. Beyhûde sözün sahibi onu da bilmez.

"Her sorulana cevap veren, her gördüğünden mana çıkaran ve her yerde bilgi satan kimse, cahilliğini ortaya koyar." derler. "Bilmiyorum, öğrenip de söylerim." diyebilenlerin neredeyse mumla arandığı zamanlara geldik.

Bahr isen de katre-i nâçiz göster kendini
Gönlüne gir ey gönül ol goncenin şebnem gibi

Şeyhulislam Yahyâ Efendi de böyle söylemiş: "Deniz kadar derin ve ihtişamlı olsan da kendini bir damla gibi göster. Zira gülün kalbine sızmayı başarabilen çiy damlasıdır; deniz oraya nasıl sığsın?"

Büyük İslam âlimi İmâm-ı Ebû Yusûf'a sorulan bir soruya "Bilmiyorum." diye cevap verdiğinde,

- Hem Beytü'l-Mâl'dan maaş alıyorsun hem de bilmiyorum, diyorsun, dediklerinde vermiş olduğu cevap çok manidardı.

- Ben bildiklerim için maaş alıyorum, eğer bilmediklerim için alsaydım devletin hazinesi yetmezdi!

Eskilerin sözleri iğneli gibi görünse de sonunda bize düşen hisse bir petek bal olurdu. Tokat gibi sert inerdi sözleri üzerimize ancak bilirdik ki sonunda hep indiği yerde gül açardı... Çünkü sözü ektikleri yer çorak değildi. O topraktan gül biteceği, o iğneden de bal damlayacağı âşikârdı.

Sözü öylesine hikmetli söylerlerdi ki sanki kendileriyle sohbet eder, bizler dışarıdan sohbete dahil olur, kulak kabartır, payımıza düşeni alırdık.

Şair Nâbî'den payımıza düşecek hikmet damlalarını almak niyetiyle birkaç beyitini sizlerle paylaşmak isterim;

Lâzım gelirdi serv ü çenâr da mîvedâr
Fazl u hünerde medhâlî olsa kıyâfetin

Dış görünüşün hüner sahibi olmakta katkısı olsaydı uzun selvi ve geniş çınar ağaçları meyve verirdi. Halbuki onların meyvesi yoktur *(da ufacık vişne ve şeftali ağaçlarında ne lezzetler bulunur!).*

Ten be hâk-i acz olan şebnem gibi üftâdenin
Cümleden evvel yeten hurşîd olur imdâdına

Çiğ damlasının yaptığı gibi acizlik ve tevazu ile yüzünü toprağa sürersen; yine çiğ damlasına güneşin yaptığı gibi, göklere yükselirsin; **Mütevazı olanı rahmet-i Rahman büyütür.**

Tohum olmayınca hak-nişîn olamaz irtifâ'
Hiç kimse olamaz azîz, olmadan zelîl

Tohum, yerin altına girdiği *(o derece mütevazı olabildiği)* için meyve veriyor.

Kıymetli okuyucular, başından beri vermeye gayret gösterdiğim örnekler, üzerinde yaşadığımız ve maalesef çok az farkında olduğumuz belki de hiç farkında olmadığımız kültür hazinesinin sadece çok küçük damlaları.

"Söyleyen bildiğini tekrar eder, okuyan istifade eder" derler...

Lügatçe

Ahlâf: Halefler (bizden sonrakiler)

Ârâm: Durma, eğlenme. Durulan, sükûnet bulunan yer. -Zımnen- sevgili

Ârâm-ı cân: Can durağı; sevgili

Âsâr: Eserler

Azm etmek: Yönelmek, o tarafa doğru gitmek

Bezm: Meclis

Bî-dâd: Acımasız

Cânân: Sevgili

Câvidân: Dâimî kalacak olan

Cevr: Acı, dert

Dîde: Göz

Eşk-i çeşm: Gözyaşı

Genc: Hazine

Gûş: Kulak

Gûş-i cân: Can kulağı

Hâme: Kalem

Hânümân: Ev, bark, ocak.

Hem-…:…daş (hem-şehri=aynı şehirden gibi)

Hem-bezm-i cânân: Sevgili ile birlikte olma hâli.

Hod: Kendisi

Hûn: Kan

Hûn-i revân: Akan (yürüyen) kan

Hussâd: Hasetçiler

Hüsn: Güzellik

Hüveydâ: Açıkta, meydanda

İhtirâz: Çekinme

Kâm: Mutluluk

Kays: Mecnûn'un adı

Künc: Köşe

Lâ-yefnâ: Kaybolmaz, tükenmez

Leb: Dudak

Mâh: Ay

Me'âl-i aşk: Aşkın manâsı

Mestûrî: Örtülü olma hâli

Meşhed: Şehidin defnolunduğu yer

Mihr: Güneş

Murg: Kuş

Nahcîr: Av

Nakz etmek: Bozmak, yıkmak

Nihân: Gizli

Rengîn: Renkli

Revnâk-fezâ: Renklilik, gösterişlilik

Sayyâd : Avcı

Seng: Taş

Sît: Ün, iyi şöhret.

Şerâr: Kıvılcımlar

Takrîr etmek: Îzâh etmek, sözlü anlatmak

Ta'n: Kötüleme

Tebşîr: Müjde

Temâşâ: Seyir, görme

Zîr: Alt